প্রতিচ্ছায়া

সমর কুমার রায় চৌধুরী

Ukiyoto Publishing

All global publishing rights are held by

Ukiyoto Publishing

Published in 2023

ISBN 9789357703420

উৎসর্গ

আদরের নাতি ক্ষিতিজ-কে

লেখকের কথা

আমি লেখক নই, সাহিত্যিক নই বা কবিও নই। শুধু মানুষ হয়েছি ৫০ ও ৬০-এর দশকে কলকাতার বুকেই— তাই কিছুটা সাহিত্য বোধ হয়তো অজান্তেই আমার চিন্তাধারায় ঢুকে পড়েছে। জীবনের বিভিন্ন সময়ের অনুভূতি ও অভিজ্ঞতা একত্রিত করে এই সংকলনের প্রচেষ্টা মাত্র। লেখক লেখেন নিজের তাগিদেই এবং যদি একজন পাঠকও এর অংশমাত্রতে তৃপ্তি পেয়ে থাকেন তো নিজেকে ধন্য মনে করব। 'প্রতিচ্ছায়া' সত্যই আমার জীবনের বিভিন্ন সময়ের অনুভূতির প্রতিফলন এবং কিছু অপরিপক্ক হাতের গল্প ও কবিতার সংকলন মাত্র। কবিতার ভাণ্ডার অপ্রতুল তাই বিষয়ানুক্রমিক কবিতার সূচি সম্ভব হলো না। বর্ণনাক্রমিক সূচি দেওয়া হলো যাতে আমার জীবনের বিভিন্ন সময়ের অনুভূতি পাঠকের কাছে একত্রিত হয়ে না পৌঁছায়।

নরেন্দ্রপুর
কলিকাতা

সমর কুমার রায় চৌধুরী

সূচি

গল্প

কবিতা

ভগবান ও ভূত

১

সেদিন কলেজে ঢুকেই মনে হল কোথায় যেন একটা ভুল করেছি। অন্যদিনের মতই সিকিউরিটি গার্ডরা 'গুড মর্নিং স্যার' বলল ঠিকই কিন্তু আমার দিকে অবাক হয়ে তাকিয়ে রইল। আমার বসার ঘরটা চার তলায় দক্ষিণদিকে। ধীরে ধীরে সিঁড়ি ভেঙে উঠতে শুরু করলাম। বয়স হয়ে যাওয়ার জন্য আজকাল আর তাড়াহুড়ো করে সিঁড়ি ভাঙতে পারি না। কলেজে সবাই সেটা জানে। রাস্তায় দু-একজন ছাত্র ও ফ্যাকাল্টির সঙ্গে দেখা হল। তারাও কিছু না বলে পাশ কাটিয়ে চলে গেল। যাই হোক আরও কিছুটা এগিয়ে গিয়ে চারতলার মুখে আমাদের পুরোনো পিওন গৌরিবাবুর সঙ্গে দেখা হল আর তখনই ব্যাপারটা পরিষ্কার হল আমার কাছে।

গৌরি বলল, স্যার আজ তো ছুটি—আপনি কষ্ট করে এতটা পথ এলেন।
গৌরি ছুটির কারণটাও বলল আর বলল—স্যার, এসেই যখন পড়েছেন, কিছু কাজটাজ করে বাড়ি চলে যান—আজ আর ক্লাস হবে না।

২

আমিও একটু অপ্রস্তুত হয়ে নিজের ঘরে গিয়ে বসলাম। যেহেতু এতটা পথ এসেছি ল্যাপ্টপটা বার করে কিছু কাজে মন দিলাম। সামনেই পরীক্ষা—তার কোয়েশ্চেন পেপারটাও তৈরি করে ফেললাম। এই করতেই বেশ কিছুটা সময় পেরিয়ে গেল—এরপর আর কাজে মন বসল না। চতুর্দিক নিস্তব্ধ-নিঝুম। ছেলেপুলেদের হুটোপাটি নেই—অন্য টিচাররাও কেউ আজ আসেননি। পিছনের জানালা দিয়ে উঁচু নারকোল গাছের পাতাগুলোর নড়াচড়া চোখে পড়ল। একটা সুন্দর হাওয়াও বইছে। মনটা কেমন যেন উদাস হয়ে গেল—ভাবতে ভাবতে কখন যেন একটু তন্দ্রামতো এসে গেল। হঠাৎই চোখে পড়ল যেন আমার ঘর থেকে কিছুটা দূরে, করিডোরের প্রান্তে এক গেরুয়াবসনে জটাধারী সন্ন্যাসী দাঁড়িয়ে আছেন। ভাবলাম বুঝি চোখের ভুল। চোখটা একটু কচলে নিয়ে তাকালাম। আবারও সেই একই দৃশ্য সৌম্যদর্শন জটাধারী সেই সন্ন্যাসী করিডোরের শেষ প্রান্ত থেকে ধীরে ধীরে আমার দিকে এগিয়ে এলেন। কতকটা ভয়ে আর কতকটা বিস্ময়ে হাতজোড় করে দাঁড়িয়ে পড়লাম। তিনি কাছে এলেন আর বললেন, এখানে

এসেছিস ভাল। কিন্তু তোর হয়তো জানা দরকার, আজ যেখানে এই কলেজ সেখানে একসময়ে আমার আশ্রম ছিল। শিষ্যদের নিয়ে এখানে আমি ঈশ্বর আরাধনা করতাম। এরা এ জায়গা নিয়ে নিয়েছে আর আমার আশ্রম ভেঙে দিয়েছে।

তারপর হঠাৎ যেন সব মিলিয়ে গেল—কেউ কোথাও নেই। মনে হল যেন ঘুম থেকে উঠলাম। চেয়ার থেকে উঠে গিয়ে সমস্ত করিডোরটা ঘুরে এলাম। কেউ কোথাও নেই—আবার সেই আগের মত নিঝুম করিডোর। শুধু কয়েকটি চড়ুই পাখি কিচিরমিচির করছে। ফিরে এসে চেয়ারে বসে ভাবলাম এমন হয়! কলেজের এই নিস্তব্ধ প্রান্তে একা বসে একটু গা ছমছম করল। যাই হোক, একটু জল খেয়ে ব্যাগটা গুছিয়ে নিয়ে আবার ধীরে ধীরে চারতলা থেকে নামতে শুরু করলাম। নিচে নেমে দেখি আমার ড্রাইভার বাপি গাড়িতেই বসে আছে। বললাম, 'বাপি আজ আর ক্লাস হবে না—চল বাড়ি ফিরে যাই।' বাপি বোধহয় দুপুরের খাবার এনেছিল—হঠাৎ ফিরতে বলায় ওর খাওয়া হল না বলে একটু মনঃক্ষুন্ন হল। বললাম, 'বাপি, তুই খেয়ে নে—আমি একটু বসছি।' বাপি গাড়িতে স্টার্ট দিয়ে বলল, "না স্যার চলুন—পরে খেয়ে নেবো"। ফেরার পথে এই কথাগুলোই মনের মধ্যে ঘোরাফেরা করছিল আর ভাবছিলাম—আমি কি ভগবান দেখলাম না ভুত।

৩

বাড়ি ফিরে সারাদিন আর কোনো কাজেই মন বসল না। সাত পাঁচ ভেবে স্ত্রীকেও কথাটা বলতে পারলাম না। কি জানি, পাগল-টাগল কি ভাববে। পরেরদিন সকাল সকাল উঠে তৈরি হয়ে একটু তাড়াতাড়িই বেড়িয়ে পরলাম কলেজের দিকে। মনের মধ্যে নানান অজানা প্রশ্ন ভিড় করে আসছে—কোনো সদুত্তর খুঁজে পাচ্ছি না। কলেজে পৌঁছে দেখি সেই নিত্যকার দৃশ্য। ছেলেদের হুটোপাটি আবার কলেজটা যেন গমগম করছে। আমারও একটা ডাবল লেচার ছিল এবং বেলার দিকে প্রিন্সিপ্যালের সঙ্গে মিটিং। কিন্তু আজ আর আমার মাথায় কিছু ঢুকছে না। সকলকে পাশ কাটিয়ে—কলেজের একে বারে পেছনের দিকে রাম সিংহ-এর ডেরার দিকে এগোলাম। রাম সিংহ আমাদের কলেজের বহু পুরোনো দারোয়ান। ওর বাবা কলেজের শুরু থেকে এখানে ছিল—সেসব বহুদিনের পুরোনো কথা। সে এখন রিটায়ার করে গাঁয়ে চলে গেছে। কলেজের দেখাশুনোর ভার এখন মোটামুটি রাম সিংহ-এর ওপর। ওর ঘরে পৌঁছে দেখি ও ঘরে নেই। কলেজের ক্লাসরুম থেকে শুরু করে অফিস কাছারির দেখাশুনো রাম সিংহই করে। তাই হয়তো ব্যস্ত। একটু পরেই রাম সিংহ ফিরল। আমাকে দেখে শশব্যস্ত হয়ে বলল, "বাবু আপনি এসেছেন—বসুন, বসুন।" আমি বললাম, "রাম সিংহ, আমার

কিছু বলার ছিল তোমাকে”। ও বলল, “বলুন না—কি বলবেন”। আমি বললাম, “না রাম সিংহ এরকমভাবে হবে না—আমার কিছু সময় চাই”। কিছুটা ভেবে, ও বলল, “ঠিক আছে বাবু—আপনি বিকেল সাড়ে চারটের পর আসুন। তখন ক্লাস হয়ে যাবে—ক্লাসরুমগুলো বন্ধ করে আমার ছুটি”।

সারাদিনটা তো যা হোক করে কাটল, ক্লাস, মিটিং ইত্যাদি নিয়ে। বিকেলে সাড়ে চারটা নাগাদ আবার আমি ধীরে ধীরে রাম সিংহ-এর ডেরার দিকে এগোলাম। রাম সিংহ তখন কাজ-টাজ সেরে চারপাই-এর ওপর নিশ্চিন্ত হয়ে বসেছে। ঘরে বিশেষ কিছুই নেই। দেওয়ালে একটি হনুমানজির ফ্রেমে বাঁধানো ছবি আর একটি ভাঙা চেয়ার। আমাকে ও চেয়ারটিতে বসতে বলল।

চেয়ারে বসে আমি শুরু করলাম, আচ্ছা রাম সিংহ তুমি তো এখানে বহুদিন আছ—তার আগে তোমার বাবাও ছিলেন। এই কলেজের শুরুর দিকে কোনো গল্পকথা কি তুমি শুনেছ? গল্পকথা, না বাবু—সেসব তো কিছু শুনিনি, তবে আমি যখন ছোট ছিলাম, বাবার সঙ্গে এইখানে থাকতাম তখন বাবা, মাঝে মাঝে বলতেন এক সাধুর কথা। এ কলেজ যখন শুরু হয়, বহুদিন আগে, তখন একটি দুটি ছোট ঘর নিয়েই ক্লাস হত। এই গ্রাম্য পরিবেশে—কলেজের পাশে এক সাধু পুজো-পাঠ করতেন। হয়তো পাশেই এক শিব মন্দিরও ছিল। এতটা বলে, রাম সিংহ যেন বিষণ্ণ হয়ে পড়ল। তারপর বলল, বাবার কাছে শুনেছি। তারপর কলেজ যখন বড় হতে শুরু করল তখন এরা সাধুবাবার জায়গাও নিয়ে নেয় এবং সাধু শিবলিঙ্গ নিয়ে কোথায় চলে যায়—তারপর তাকে আর কেউ দেখেনি। এখন তো দেখছেন—কত বড় কলেজ—দশ-বারোটা বিল্ডিং, কত ছেলেমেয়ে এখানে পড়ে।

৪

সব শুনে আমারও মনটা একটু খারাপ হয়ে গেল। রাম সিংহকে বললাম, “তোমার মুখে কলেজের পুরোনো দিনের গল্প শুনে খুব ভাল লাগল। আমি এখন আসি”। তারপর আবার আমার সেই চারতলার দক্ষিণ দিকের ঘরটায় ফিরে এলাম। তখন সব ক্লাস শেষ হয়ে গেছে—মাস্টারমশাইরাও সব বাড়ি চলে গেছেন। আবার সেই নিঝুম করিডোর। বসে বসে রাম সিংহ-এর কথাগুলোই ভাবছিলাম। হঠাৎ আবার দেখলাম সেই গেরুয়াবসনে জটাধারী সন্ন্যাসী সামনে এসে দাঁড়ালেন। আমি মন্ত্রমুগ্ধের মত বললাম, “বাবা এখন তো কলেজ তৈরি হয়ে গেছে—এত ছেলেমেয়ে পড়ছে। আর আমি তো এখানে নতুন—কি বা করতে পারি?” তিনি বললেন, “হয়তো কিছুই নয়—তবে ছাত্রদের যখন পড়াবি—শুধু শেখাবি, কোনটা ঠিক আর কোনটা ভুল।

কোনটা ন্যায় আর কোনটা অন্যায়।" এই বলে তিনি আবার মিলিয়ে গেলেন। স্তম্ভিত হয়ে বসে রইলাম—বহুক্ষণ বসে রইলাম। হঠাৎ স্ত্রীর ফোন পেয়ে টনক নড়ল। অনেক দেরি করে ফেলেছি। কলেজ এখন প্রায় জনশূন্য। ধীরে ধীরে নিচে নেমে ড্রাইভার বাপিকে বললাম—"চল বাড়ি যাই"। বাপির চোখে মুখে স্পষ্ট বিরক্তি—এত রাত হয়ে গেছে। বাড়ি ফেরার পথে বারবার মনে হ'ল—আমি কি দেখলাম—ভগবান না ভূত। ঠাকুরের সেই বিখ্যাত কথাটা মনে পড়ল—যদি ভগবান দেখতে চাস তো ভগবান দেখবি আর যদি ভূত দেখতে চাস তো ভূত দেখবি।

ভুতুড়ে ডাকাত

১

প্রায় ষাট বছর আগেকার ঘটনা। আমি তখন নিতান্তই বালক। সবটা স্পষ্ট মনে পড়ে না—কিছুটা বাল্যস্মৃতি ও কিছুটা বাবা-কাকার মুখে শোনা—এই নিয়েই গল্প। পঞ্চাশের দশকের একেবারে গোড়ার দিকে কথা—পরাধীন ভারতের অনেক নিয়ম ও ব্যবস্থা তখনও কায়েম ছিল। জমিদারী প্রথা প্রায় লুপ্ত হতে বসেছে। বর্ধিষ্ণু পরিবারের, এমনকি, জমিদার পরিবারের অনেক শিক্ষিত যুবক কলকাতায় কোনো সরকারি দপ্তরে অথবা মার্চেন্ট অফিসে চাকরি করতেন এবং কলকাতায় বসবাস শুরু করেন। ছুটিতে বিশেষ করে পুজোর ছুটিতে সপরিবারে দেশে যেতেন।

আমাদের পরিবারও অনেকটা এই রকমই ছিল। বীরভূম ও মুর্শিদাবাদের মাঝামাঝি একটি বর্ধিষ্ণু গ্রামে আমাদের পূর্বপুরুষের জমিদারী ছিল। সেও বেশ পুরোনো দিনের কথা—কুলদেবীর পুজো প্রায় শতাধিক বছরের পুরোনো। বাবা-কাকারা লুপ্ত প্রায় জমিদারীর অবস্থা দেখে কলকাতায় বসবাস ও চাকরি করতে শুরু করেন চল্লিশের দশকের শুরুতে। সারা বছর দেশে যাতায়াত তো ছিলই তবে পুজোর ছুটিতে স্বপরিবারে দেশে ফেরাটা একটা অনুষ্ঠানের আকার ধরতো। এ গল্প দেশে যাওয়ার পথে এক বিশেষ অভিজ্ঞতা ঘিরেই। বাবা, কাকারা, জ্যাঠামশাই ও আরও অনেক জ্ঞাতিরা কলকাতা বা শহরতলীতে বসবাস করতেন। এর মধ্যে বয়ঃজেষ্ঠ্য ছিলেন জ্যাঠামশাই এবং পরিবারে ওনার কথাই শেষ কথা বলে মেনে নেওয়া হত। উনি সে যুগে হাইকোর্টে ওকালতি করতেন এবং সবাই খুব মান্য করতেন।

২

সেবার শুনলাম জ্যাঠামশাই বলে দিয়েছেন ষষ্ঠীর দিনই দেশে রওনা হতে হবে এবং সবাই যেন সেইমত প্রস্তুতি নেয়। আমাদের এক জ্ঞাতি সেন কাকা রামপুরহাটে বসবাস করতেন এবং সদর বিদ্যালয়ের প্রধান শিক্ষক ছিলেন। নিয়ম মতো যাঁরা কলকাতা বা অন্যান্য শহরতলী থেকে দেশে যেতেন, সবাই সেন কাকার বাড়িতে জমায়েত হতেন এবং তারপর একত্রে অনেকগুলি গরুর গাড়ি করে দেশের প্রতি রওনা হতেন। বাবার মুখে শুনলাম সেনদের বাড়ি পৌঁছতেই নাকি রাত হয়ে যাবে।

কথাটা সত্যিই। লালগোলা প্যাসেনজারে কলকাতা থেকে রামপুরহাট পৌঁছতেই সন্ধ্যে পেরিয়ে গেল। সারাদিন ট্রেনের ধকলে আমরা ছোটরা সবাই বিধ্বস্ত। মা-কাকীমারা আমাদের খাইয়ে বৈঠকখানায় একটা মাদুর বিছিয়ে শুইয়ে দিলেন। বললেন, গরুর গাড়ি ছাড়তে এখনও অনেক দেরি—একটু ঘমিয়ে নে। উত্তেজনা ও একটা অজানা আনন্দে ঘুম যে কতটা হল সে কথা বলাই বাহুল্য।

রামপুরহাট থেকে আমাদের গ্রাম প্রায় ২৫ মাইল। এখনকার দিনে এই দূরত্ব হয়তো কিছুই নয় এবং এর জন্য এত প্রস্তুতি যেন হাসির ব্যাপার কিন্তু তখনকার দিনে মেঠো পথ ধরে বন-জঙ্গল ও দুটি ছোট ছোট নদী পেরিয়ে এই ২৫ মাইল পথ অতিক্রম করা খুব একটা সহজ ব্যাপার ছিল না। তখনও গ্রামাঞ্চলে ডাকাতের উপদ্রব ভালই ছিল। তাই বৎসরান্তে মেয়ে, বৌ ও ছোটদের নিয়ে এই যাত্রা বাবারা কেউই সহজভাবে নিতেন না।

যখন ঘুম ভাঙল, আশেপাশে কাউকে দেখতে না পেয়ে আমরা ছোটরা চোখ কচলাতে কচলাতে বাইরে এসে দাঁড়ালাম। যাত্রার প্রস্তুতি দেখে তো আমরা অবাক। প্রায় ১৫/১৬টা ছৈ দেওয়া গরুর গাড়ি লাইন দিয়ে সেন কাকার বাড়ির সামনে দাঁড়িয়ে। সব গাড়িতেই ছৈ ফেলা এবং দুটি করে তাগড়াই বলদ এবং গাড়ির নিচে একটি করে লণ্ঠন জ্বলছে। প্রথমদিকের কয়েকটি গাড়িতে দাদারা ও অল্প বয়সী কাকারা উঠল। সকলের হাতেই একটি করে লাঠি। পরের গাড়িতে আমরা ছোটরা ও মা-কাকীমারা ছৈ-এর তলায় বিছানায় বসে অথবা শুয়ে পড়লাম। শেষের দিকের গাড়িগুলোতে মালপত্তর এবং সেনকাকার বাছাই করা কিছু বিশ্বস্ত লাঠিয়াল। এরা অবশ্য সারা রাস্তাই হেঁটে যাবে এবং চারিদিকে চোখ রাখবে। মাঝরাতের দিকে কুলদেবীর নাম নিয়ে গাড়িগুলো সব ছেড়ে দিল। কিছুক্ষণের মধ্যেই আমরা শহর ছেড়ে গ্রামের মেঠো পথে ঢুকে পড়লাম। শুক্লা ষষ্ঠীর রাত—চারিদিকে নিঝুম—শুধু গাছগাছালির মধ্যে দিয়ে সরু রাস্তা ধরে গরুর গাড়িগুলো সার বেঁধে এগিয়ে চলেছে। কেমন যেন একটা রোমাঞ্চকর পরিবেশ। মার কোল ঘেঁসে বসে খালি অবাক হয়ে দেখছিলাম আর দেখছিলাম। রাত বেড়ে চলেছে। কিন্তু চোখে যেন আর ঘুম নেই। খানিক পরে শুনলাম দাদারা ও সমবয়সী কাকারা গরুর গাড়ি থেকে নেমে গলা মিলিয়ে গান গাইতে গাইতে হাঁটছে। এরপর যেন কখন চোখ লেগে গেছে বুঝতে পারিনি।

৩

হঠাৎ ব্যস্ত পায়ে মানুষজনের যাওয়া আসা ও একটা চাপা গুঞ্জনে ঘুম ভেঙে গেল। দেখলাম মা-কাকীমারা আমাদের আগলে ধরে ভীত সন্ত্রস্ত চোখে ছৈয়ের বাইরে

তাকিয়ে আছে। আমাদের ইশারায় বললেন কথা না বলতে। একটু পরে ছোটকাকা তড়িঘড়ি এসে মাকে ফিস্‌ফিস্ করে কি বলে নিমেষে সামনের দিকে চলে গেল। এর পর মা'র মুখটা যেন আরও গম্ভীর হয়ে গেল। এরকম যাত্রীদলে ডাকাত পড়ার গল্প আমরা অনেক শুনেছি এবং এও শুনেছি যে এই অঞ্চলে ঠ্যাঙারে ডাকাতরা ছোট ছোট লাঠি ছুঁড়ে যাত্রীদের শুইয়ে দিয়ে সর্বস্ব লুট করে পালায়। কিন্তু খানিকবাদে মা-কাকীমাদের ফিস্ ফিস্ আলোচনায় যা বুঝলাম তাতে তো এই ছোট বয়সেই রোমঞ্চর বদলে বেশ ভয় পেয়ে গেলাম। কোনো গাড়ির গরুকে নড়ানো যাচ্ছে না—শত মারধর করেও তারা নড়ছে না। গরুরা কোনো কারণে ভয় পেলে নাকি এরকম ব্যবহার করে। এর কারণ অদূর দিগন্তে সারি সারি গাছগুলো যেন হেঁটে বেড়াচ্ছে। এহেন ভুতুড়ে ব্যাপার শুনে আমরা সত্যিই ভয় পেয়ে মা-কাকীমাদের আরও আঁকড়ে ধরলাম। মা'রা নিজেরাও বেশ ভয় পেয়েছেন, তবু আমাদের পিঠে হাত বুলিয়ে বললেন, "ভয় পাসনা—সব ঠিক হয়ে যাবে।" লাঠিয়ালরা ও আমাদের সাহসী দাদা কাকারা কেমন যেন হতভম্ব হয়ে দাঁড়িয়ে পড়ল। ডাকাতকে এরা সায়েস্তা করতে জানে কিন্তু এরকম ভুতুড়ে ব্যাপারে কি করা উচিৎ তা এদের জানা নেই। এরকমভাবে কতক্ষণ কাটলো খেয়াল নেই। বয়স্করা পৈতে হাতে ধরে রাম নাম করতে শুরু করলেন। হঠাৎ অচিন্ত্যকাকার বাজখাঁই গলা শুনতে পেলাম। অচিন্ত্যকাকা ছিল সে যুগে আর্মির ক্যাপটেন। সারা বছর বাইরে বাইরে থাকত। কিন্তু পুজোর সময় দেশে আসা চাইই। বলাবাহুল্য অচিন্ত্যকাকা বেশ বলিষ্ট ও সাহসী ছিল এবং যুদ্ধক্ষেত্রে বিভিন্ন পরিস্থিতি কিভাবে সামাল দিতে হয়, তা বিলক্ষণ জানত। দেখলাম অচিন্ত্যকাকা ঐ চলমান গাছগুলোর দিকে উর্দ্ধশ্বাসে ছুটছে আর বাজখাঁই গলায় বলছে—"সাহস থাকে তো দাঁড়িয়ে যা—দেখি তোরা কত বড় ভুত"। এই বলতে বলতে অচিন্ত্যকাকা এলোপাথারি ঢিল ও লাঠি ছুঁড়ছে। অচিন্ত্যকাকাকে দেখে সাহস পেয়ে লাঠিয়ালরা এবং দাদারাও চলন্ত গাছগুলোর দিকে ছুটতে শুরু করল এবং হাতের কাছে লাঠি, ঢিল যা পেল তাই ছুঁড়তে শুরু করল। অবিশ্বাস্য ব্যাপার, গাছগুলো সত্যিই থেমে গেল এবং মনে হল যেন ডালপালা নিয়ে মাটিতে শুয়ে পড়ল। আর ভেতর থেকে কয়েকটা শীর্ণকায় যুবক হাত জোর করে কাঁপতে কাঁপতে বেড়িয়ে এল। সবাই যখন এদের প্রায় লাঠিপেটা করতে উদ্যত অচিন্ত্যকাকা ওদের থামাল এবং ললল, "এরা নিরস্ত্র, এদের মেরে কি হবে, তবে ব্যাপারটা জানতে হবে।"

৩

ছেলেগুলোর ততক্ষণে ভয়ে কথা বন্ধ হয়ে গেছে। অচিন্ত্যকাকা এদের অভয় দিয়ে গরুর গাড়ির সারির কাছে নিয়ে এসে মাটিতে বসতে বলল। রাত প্রায় তখন শেষ হয়ে এসেছে। দু-একটি পাখির ডাকও শোনা গেল। এরা যা বলল তার সারমর্ম কতকটা এইরকম। এরা আশেপাশের গ্রামের অতি দরিদ্র নিঃসহায় যুবক। তেমন বলিষ্ঠও নয় যে ডাকাতি করবে। তাই এই নতুন ফন্দি। গায়ে বেশ কিছু গাছের ডালপালা জড়িয়ে গাছ গাছালির ফাঁকে ফাঁকে হেঁটে বেড়ায় এবং দূর থেকে মানুষ ভুল করে সারি সারি চলন্ত গাছ ভেবে শিউরে ওঠে। এতে এরা এ যাবৎ বিশেষ সফল হয়েছে। মানুষজন শূন্যমাঠে ভূতের ভয়ে সর্বস্ব ফেলে রেখে পালায় এবং বিনা পরিশ্রমে লুঠের মাল ভোগ করা আর কি। আজ যা ঘটল তা যেমন আমরা কখনও স্বপ্নেও ভাবিনি—ফন্দিবাজ শীর্ণকায় ডাকাতরাও তেমনই এরকম বেকায়দায় কখনও পড়েনি। সবাই বলল, এদের থানায় নিয়ে চল। কিন্তু জ্যাঠামশাই রায় দিলেন ওদের জমিদারীর কোনোও ছোটখাটো কাজে লাগাতে। শুনেছি এরা পরে পরিবারেও বিশ্বস্ত অনুচর হয়ে গেছিল।

সবাই মিলে যখন গ্রামে পৌঁছলাম তখন বেশ সকাল হয়ে গেছে। চণ্ডীমণ্ডপে সপ্তমীর ঢাকের আওয়াজ কানে এলো। মনে হল যেন একটা স্বপ্ন দেখে উঠলাম।

বেলাশেষের অ্যান্ড্রয়েড

১

কিরণবাবু নিতান্তই সাদামাটা মানুষ। সাত চড়ে রা নেই—সব কিছুই মানিয়ে নেওয়ার অদ্ভুত ক্ষমতা তাঁর। তবে দশাসই স্ত্রীর বাক্যবাণ যখন একেবারে বক্ষস্থলে স্পর্শ করে তখন একান্তই বেগতিক দেখে শহরতলির আবাসনের এই দুকামরার ফ্ল্যাট বাড়ির ছাদে আশ্রয় নেন। অবস্থা বুঝে ঝড়ের গতিবেগ কমলে আবার এসে হাজির হন। অবসরের পর এই ফ্ল্যাটটুকু আর পেনশান ভরসা করে জীবনের বাকী দিনগুলো কিরণবাবুর মোটামুটি ভালই কাটছিল। অবশ্য একটা বোনাস আছে এর মধ্যেও আর সেটা হল পাঁচবছরের নাতি। ছেলে ও বৌমা দুজনেই আই টি সেক্টরে কাজ করে এবং কমবেশি সারাদিন কাজে ব্যস্ত। নাতির ভার তাই কিরণবাবুর হাতে। এতে কিরণবাবু খুবই খুশী। অবসর নেওয়ার পর এ দায়িত্ব তাঁর কাছে বড়ই প্রিয়। সকাল থেকে নাতির খাওয়া দাওয়া ও প্লেস্কুলে যাওয়ার প্রস্তুতি নিয়েই সময় কাটে। তারপর নাতির হাতধরে স্কুলে পৌঁছে দিয়ে ফেরার পথে টুকিটাকি বাজার করে ফেরেন। এক কাপ চা খেয়ে খবরের কাগজটা পড়ে কিছু ঘরোয়া কাজ সারতে না সারতেই নাতির ছুটির সময় হয়ে যায়। ফিরে এসে স্নান খাওয়া দাওয়া সেরে খানিকটা বিশ্রাম নিতে নিতেই নাতির আবদারে পার্কে বেড়াতে যাওয়ার সময় হয়ে যায়। সন্ধ্যা হতেই নাতিকে নিয়ে কিছু পড়া, ছড়া, ছবি, গল্প করে রাতের খাবারের সময় হয়ে যায়। ইচ্ছে করেই কিরণবাবু নাতিকে যতটা পারেন টিভির পর্দায় আসক্ত হতে দেননি এখনও পর্যন্ত। এরপর গল্পশুনে নাতির ঘুমের পালা। কিরণবাবুর তখন কিছুটা সময় নিজের মত করে ভোগ করেন। টিভির সিরিয়াল অথবা আবাসনের বন্ধুদের সাথে আড্ডাতেই বেশ সময় কাটে।

২

কিরণবাবুর জীবন এই ছন্দে ভালই কাটছিল। হঠাৎই একদিন কিছুটা যেন ছন্দপতন হল। কারণটা নিতান্তই প্রযুক্তিগত বললে অন্যায় কিছু হবে না—কারণটা একটি অ্যান্ড্রয়েড ফোন। কিরণবাবুর প্রজন্মের আর সকলের মতই তিনি অনিচ্ছা সত্বেও মোবাইল ব্যবহারে গত কয়েক বছরে মোটামুটি অভ্যস্ত হয়ে গেছেন এবং এর অপকারিতার দিকটা ততটা জানা না থাকলেও এর উপকারিতা বেশ উপলব্ধি করেন।

যখন তখন বোলপুরের বৃদ্ধ বড়মামা বা কলকাতার অফিসের পুরোনো বন্ধুবান্ধবের সঙ্গে কথা বলা যায়। ভাল মন্দ সবরকমের খবরই হাতের গোড়ায়। কিন্তু ছেলে সেদিন একটি স্মার্ট ফোন এনে কিরণবাবুর হাতে দিয়ে বলল, বাবা এবার থেকে এটাই ব্যবহার কোরো—এতে ফোনে কথা বলা ছাড়া আরও অনেক কিছুই করা যায়। তারপর একদিন সময় করে বাবাকে এর বিভিন্ন ফাংশন বুঝিয়ে দিল। বোঝানোর সময় কিরণবাবুর থেকে নাতির আগ্রহই বেশি ছিল—ফলে কিরণবাবু ততটা বিশেষ বুঝলেন না। তবে কদিন ব্যবহার করে কয়েকটা ব্যাপার একটু একটু বুঝতে পারলেন—যেমন ফেসবুক এবং হোয়াটসঅ্যাপ। ব্যাপারটা বেশ নেশার মত। নাতিকে স্কুলে দিয়ে এসে প্রায়ই এই স্মার্ট ফোনটা নিয়ে বসতেন এবং কত ছবি, মজার কথা এবং জানা অজানা বহু আলোচনার সঙ্গী হয়ে উঠলেন নিজের অজান্তেই। কয়েকমাসের মধ্যেই কিরণবাবু এইটুকু বুঝে গেছেন যে ফেসবুকটা জানা পরিচিত অনেকের জন্য কিন্তু হোয়াটস্অ্যাপ কতকটা নিজস্ব। এই পর্যন্ত বুঝে কিরণবাবু এই নতুন নেশায় আস্তে আস্তে ডুবে যাচ্ছেন।

একদিন হঠাৎই হোয়াটস্অ্যাপ একটি ছবি ও নিচে স্পষ্ট বাংলায় লেখা, "চিনতে পারছো", দেখে কিরণবাবুর অজান্তেই শরীরে এক শিহরণ জাগল। আশেপাশে কেউ থাকলে দেখতে পেতো কিরণবাবুর মুখমণ্ডল আরক্তিম হয়ে উঠে ছিল। গিন্নি প্রায়ই চেঁচামিচি করেন, খোকা এই ফোনটা কিনে দিয়ে হয়েছে কাল। চব্বিশ ঘণ্টা বসে বসে এই বুড়ো বয়সে মেয়েদের ছবি দেখছে আর পাকা গোঁফের ফাকে ফিক ফিক করে হাঁসছে—মরণ দশা আর কি? অবশ্য যে ছবি দেখে কিরণবাবুর শিহরণ জেগেছিল—বলা বাহুল্য সেটিও একটি মহিলার ছবি। বেশ সুশ্রী—বয়স পঁচিশও হতে পারে আবার বিউটি পার্লারে সৌজন্যে পঞ্চাশও হতে পারে। কিরণবাবু যেন কোথায় হারিয়ে যাচ্ছেন। নাতিকে স্কুল ফেরত বাড়ি আনার পথে অন্যদিন কত গল্প হয় দুজনায়। ম্যাম থেকে শুরু করে টিফিনে বেষ্ট ফ্রেন্ডের সঙ্গে টিফিন ভাগ করে খাওয়ার গল্প সবই হত। কিন্তু আজ আর নাতির কথা কানে ঢুকছে না—নাতি খালি নিজের মনে বকেই চলেছে আর দাদুর এই অদ্ভুত পরিবর্তন তাকিয়ে তাকিয়ে দেখছে।

কিরণবাবুর চোখের মণিকোঠায় এ ছবি যেন আটকে গেছে আর মনটা বাল্য, কৈশোর ও যৌবনের স্মৃতি হাতড়ে বেড়াচ্ছে। সেদিন থেকেই কিরণবাবু স্ত্রীর দৃষ্টি এড়িয়ে ছবিটা সন্তর্পনে দেখেন আর স্মৃতিচারণ করেন। বাল্যকালের সেই মাসিদের গ্রাম— মেমারি লোকাল, —মাসীর ননদের ছোটমেয়ে শিউলি—মনের স্মৃতি কোঠায় ভিড় করে আসে। শিউলির মুখটা এখন আর স্পষ্ট মনে পড়ে না কিরণবাবুর, তবে মনে পড়ে খুব ভোরে চরক ডাঙার মাঠে হাত ধরাধরি করে হাঁটতে যাওয়া। মনে পড়ে স্কুলমাঠে যাত্রাপালায় সামনে সারিতে পাশাপাশি বসা এবং ভাগ করে মুড়ি মুড়কি

খাওয়া। সেদিনের বর্ধমানের এক গ্রামের ফুটফুটে ফ্রকপড়া শিউলি আজ নিশ্চয়ই কারোর স্ত্রী, কারো মা এবং হয়ত কারও দিদিমা কি ঠাকুমা। হোয়াটস্অ্যাপে শিউলি—মনটা বিশ্বাস অবিশ্বাসের টানাপোড়েনে দোল খায়। কিন্তু তবু ছবিটা আর স্পষ্ট বাংলায় লেখা "চিনতে পারছো" যেন কিরণবাবুর মনকে কোথায় ছুটিয়ে নিয়ে বেড়ায়।

আরও মনে পড়ে অনন্যাকে। চেতলা গার্লস স্কুলে দশমশ্রেণিতে আর কিরণবাবু তখন চেতলা বয়েজে দ্বাদশশ্রেণিতে। আজকের শুভ্র কেশ নুব্জ কিরণবাবুকে দেখে ওঁনার কৈশোরের রোমান্স কল্পনা করা হয়তো কঠিন কিন্তু তাও কিছু অবাস্তব নয়। কিরণবাবু স্মৃতি হাতড়াতে থাকেন। অনন্যার মুখটা ততটা আবছা নয়—স্নিগ্ধ ও সুশ্রী অনন্যাকে কিরণবাবুর ভাল লাগত ওর সংযত কিন্তু সাবলীল মিশুকে স্বভাবের জন্য। গরমের ছুটি পড়ার আগের দিন তখন স্যারদের চাঁদা তুলে দৈ, মিষ্টি ও সরবত খাওয়ানো হত আর স্কুল ছুটি হতো টিফিন পিরিয়েডের আগেই। গার্লস স্কুলেও তাই হতো। তাই দুজনে কথা বলতে বলতে চেতলা পার্কে পৌঁছে যেতেন। এখনও মনে পড়ে অনন্যার অনেক বড় হওয়ার—ডাক্তার হওয়ার স্বাপ্নের কথা। একই পাড়ায় গলির মোড়ের বাড়িতে অনন্যারা ভাড়া থাকত। নিতান্তই মধ্যবিত্ত পরিবার—কিন্তু শিক্ষা, সংস্কৃতিতে পরিবারটা সকলের প্রিয় ছিল। কিরণবাবুর মনে পড়ে অনন্যার সঙ্গে কত অফুরন্ত কথা সরস্বতী পুজোয় ও দুর্গা পুজোর প্যান্ডেলে। মনে পড়ে না কবে দুজনার পথ দুদিকে চলে গেল। অনন্যা কি ডাক্তার হয়েছিল—কিরণবাবুর শুভাকাঙ্খা আজ হয়তো তাকে জানানো হবে না। হোয়াটস্অ্যাপের ছবিতে কিরণবাবু হঠাৎই যেন অনন্যার মুখের স্বাদৃশ্য খুঁজে পেলেন।

৩

নাতিকে এড়িয়ে, স্ত্রীকে এড়িয়ে কিরণবাবু আজকাল প্রায়ই ছবিটা দেখেন কিন্তু সাহস করে উত্তর দিয়ে উঠতে পারেননি। কিরণবাবু কেবলই স্মৃতি হাতড়ে বেড়ান। কলেজের দিনগুলোর কথা মনে পড়লে লাজুক মেয়ে চন্দ্রিমাকে মনে পড়ে। খুব ভাল না হলেও কিরণবাবু পড়াশুনায় মোটামুটি মন দিতেন এবং ক্লাসে প্রথম বা দ্বিতীয় বেঞ্চে বসতেন। খুবই লাজুক চন্দ্রা কারো সঙ্গে বিশেষ মিশতে পারতো না আর তাই ছেলেদের টিটকিরি এড়াতে কিরণবাবুর সাথেই বসতো। প্রথম প্রথম দুজনের সম্পর্কটা ক্লাসের পড়াশুনো এবং ক্লাসনোটের মধ্যেই আটকে ছিল। কিন্তু যেদিন চন্দ্রা নিছক খেলার ছলে গোটা গোটা অক্ষরে একটি স্বরচিত প্রেমের কবিতা কিরণবাবুকে দেখলো সেদিন থেকে সম্পর্কটা যেন একটা অন্য মাত্রায় পৌঁছল। ক্লাস শেষে কিরণবাবু যখন

চন্দ্রাকে হাজরা মোড়ে ট্রাম স্টপে পৌঁছতে আসতেন পড়ন্ত বেলার আলোয় চন্দ্রার সারাদিনের ক্লান্তিভরা মুখটাতে কিরণবাবুর যেন বহু পরিচিত ও বড় আপন একজনকে খুঁজে পেতেন। চন্দ্রার এই কবিতার উত্তর আজও কিরণবাবুর দেওয়া হয়নি। হঠাৎই অসময়ে পিতৃহীন হয়ে পরায় পড়াশুনো বন্ধ হয়ে যায়। অনেক চেষ্টা করেও কিরণবাবু আর চন্দ্রার কোনো খোঁজ পাননি কিন্তু চন্দ্রার মুখটা আজও কিরণবাবুর স্মৃতিপটে উজ্জ্বল হয়ে আছে। হোয়াটস্‌অ্যাপে এতদিন পরে চন্দ্রা—কিরণবাবুর শিহরণ হয়তো অকারণ নয়।

সেদিন সকলের চোখ এড়িয়ে কিরণবাবু আবার ছবিটা নিয়ে বসেছিলেন। সেখানে কখন গিন্নি পিছন থেকে উঁকি মেরে দেখে বললেন—এতো পিসিমার বড়মেয়ে কেতকীর ছবি—এটা আবার তোমার ফোনে কি করে এলো। একেবারেই অতর্কিতে গিন্নির এ কথায় কিরণবাবু অপ্রস্তুত হয়ে ফোনটা গিন্নির হাতে দিয়ে বললেন—তাই তো দেখছি। কিরণবাবু স্মৃতিচারণের স্ফীত ফানুস হঠাৎই যেন চুপসে গেল—আর মনে মনে দীর্ঘশ্বাস ফেলে যেন পরম স্বস্তি পেলেন।

সেদিন সন্ধ্যেবেলায় নাতির পড়াশুনো হয়ে গেলে স্মার্ট ফোনটা নাতিকে দিয়ে বললেন—দাদু এবার থেকে এটা তোমার—বেশ খেলা করতে পারবে কেমন।

তিন্নির রূপকথার গল্প

(১)

বেশ কিছুদিন আগেকার কথা।

তিন্নি ঠাকুরমার পা টিপতে টিপতে অপলকে ঠাকুরমার মুখের দিকে তাকিয়ে ছিল। তাকিয়ে থাকার মতোই মুখ ঠাকুরমার। ঠিক যেন দুর্গা প্রতিমা—চোখ মুখ যেন কোনো শিল্পীর আঁকা। আর গায়ের রং দুধে আলতা গোলা। ঠাকুরমা তিন্নির দিকে চোখ ফিরিয়ে বললে, কি এতো দেখছো আমার মুখের দিকে তাকিয়ে দিদিভাই?

তিন্নি কককটা স্বগোক্তিতে বললে, তুমি কত সুন্দর ঠাকুরমা।

ঠাকুরমা একটু হেসে বললে, তুমি বা কম কিসে দিদিভাই? তোমার ওই ভ্রমর কালো চোখ আর ওই মিষ্টি হাসি কত ছেলেকে যে নাচাবে তাই আমি ভাবি। তাইতো তোমার বাবা সাধ করে নাম রেখেছিলো "নয়নতারা"। এই কথা বলতে বলতে ঠাকুরমা চোখ দুটো একটু ছল ছল করে ওঠে। তিন্নি বাবার কথা অনেক শুনেছে কিন্তু তাকে তার মনে পড়ে না। বাবা তার কাছে একটা অদ্ভুত ধাঁধাঁ।

তিন্নি লজ্জা পায়, বলে, যা। আমি আবার সুন্দরী নাকি?

ঠাকুরমা কথা ঘুরিয়ে নিয়ে বলে, আচ্ছা বেশ হয়েছে—আর পা টিপতে হবে না। ওই আলমারির ওপর তাকে বোয়ামে নারকেল নাড়ু আছে, দুটো নিয়ে খেলতে যাও।

তিন্নি নাড়ু হাতে তিরিক তিরিক করে নাচতে নাচতে নিচে নেমে গেল। সিঁড়ি দিয়ে নামতে নামতে তিন্নির কেবলই ঠাকুরমার ছল ছলে চোখটা মনে পড়ছিলো। তিন্নি ঠাকুরমাকে খুব ভালোবাসে আর ঠাকুরমাও তিন্নিকে চক্ষে হারায়। বড় ছেলের বড় মেয়ে, সব থেকে বড় নাতনি, ঠাকুরমা খুব ভালবাসে। বাবার কথা উঠলেই ঠাকুরমা কেমন যেন উদাস হয়ে যায়। কেন কে জানে। বাবা কে, কোথায় থাকে কিছুই জানে না সে। অন্য সব বন্ধুর বাবারা তাদের সঙ্গেই থাকে, তবে তিন্নির বাবাই বা ওদের সঙ্গে থাকে না কেন? কিছুই বুঝতে পারে না তিন্নি। মা বা কাকাদের জিজ্ঞেস করেও কোনো সদুত্তর পায় না। এসব ভাবলে তিন্নির কেমন যেন ধাঁধাঁ লাগে, তাই আজকাল ওসব কথা নিয়ে আর ভাবে না সে, নিজের জগৎ নিয়েই থাকে।

(২)

এই বৈশাখে তিন্নি তেরোয় পড়ল। অন্য বন্ধুদের মতো ওর জন্মদিনে বিশেষ কিছু অনুষ্ঠান হয় না, শুধু স্কুল যাওয়ার সময় মা কপালে একটু দই-এর ফোঁটা দিয়ে দেয় আর ভাতের পাতে একটু পায়েস দেয়। ওই পায়েসটুকু করতে গিয়ে, তিন্নি দেখেছে, সেজকাকিমার কাছে কত কথা শুনতে হয় মাকে।

পরের আশ্রয়ে থাকা, আবার মেয়ের জন্মদিনে এতো আদিখ্যেতা কিসের?

সেজকাকিমাই এখন এই সংসারের কর্ত্রী। ঠাকুরমা ওপরের ঘরে পুজো পাঠ নিয়ে থাকে, সংসারের এসব ব্যাপারে আর কান দেয় না। অগত্যা সেজকাকিমা যা বলবে সেটাই এবাড়ির নিয়ম বলে ধরে নেওয়া হয়। অবশ্য হবে নাই বা কেন, এ বাড়িতে এতগুলো মানুষ, তিন্নির তিন বেকার কাকু, তিন্নিরা পাঁচ ভাইবোন ও মা, সেজকাকিমার দুই ছোট ছোট ছেলে। তিন্নির আরো দুই কাকু আছে, তারা আলাদা থাকে এবং এ সংসারের ব্যাপারে খুব একটা খোঁজ খবর নেয় না। তিন্নির আরো দুই পিসিও আছে, তাদের অবশ্য দুজনেরই বিয়ে হয়ে গেছে। দুজনেই ঠাকুরমার মতো না হলেও বেশ সুন্দরী। বড় পিসি গোলগাল ছোট্ট টুকটুকে ফর্সা মানুষ। যখনি বাপের বাড়িতে আসে তিন্নিদের জন্য কিছু না কিছু নিয়ে আসে আর তিন্নিদের গাল টিপে খুব আদর করে। কাকুদের মুখে তিন্নি শুনেছে, সেজবৌদির ব্যবহারে ছোটোপিসি বিয়ের সময় বলে গেছিল মরে গেলেও এ বাড়িতে আর কখনো পা দেবে না।

এ সংসারে রোজগেরে বলতে সেজকাকু আর সেজকাকিমা। দুজনেই উচ্চ শিক্ষিত এবং কলেজে এবং বিশ্ববিদ্যালয়ে পড়ান। ওই রোজগারে কুলোয় না বলে দুজনেই অনেক টিউশনি করে। অতশত তিন্নি বোঝে না। মা কাকুদের কথাবার্তায় যা শোনে ঐটুকুই তার জ্ঞান। এর বাইরে তিন্নি আর কিছু জানতে চায় না, সে তার স্বপ্নের জগৎ নিয়েই থাকে।

এই সব ভাবতে ভাবতে তিন্নি একতলায় তাদের ঘরের দিকে এগোচ্ছিল, মাঝপথে সেজকাকিমা ধরে বললে, চট করে অখিলের দোকান থেকে আড়াইশো সর্ষের তেল নিয়ে আয় বলেই হাতে একটা পুরোনো তেলের সিসি ধরিয়ে দিল। সেজকাকিমা আরো বলল, দেরি করিস না উনুনে কড়াই চাপানো আছে। অগত্যা তিন্নির ভাবের জগতে টান পড়ল। অখিলকাকুর দোকানে পৌঁছনোর আগেই রাস্তায় শিউলির সঙ্গে দেখা। ওরা একই স্কুলে পড়ে আর এক পাড়াতেই থাকে। শিউলি তিন্নিকে ধরে এক চোটে অনেক কথা বলে ফেলল যার সারাংশ হচ্ছে যে এবারের গরমের ছুটিতে ওরা পশ্চিমে মধুপুর বেড়াতে যাচ্ছে প্রায় একমাসের জন্যে। সেখানে ওর বাবা একটা বাংলো ভাড়া করেছে, এই সব আর কি। তিন্নি এসব কথা বইয়ে পড়েছে কিন্তু ওর

সীমানা উত্তরে পাঁচমাথার মোর আর দক্ষিণে হেদুয়ার পার্ক পর্যন্ত। শুধু একবার ওর এক কাকু ওদের চিড়িয়াখানা বেড়াতে নিয়ে গেছিল। তাই এসব তিন্নি বোঝেও না আর বুঝতে চায়ও না। এছাড়া তিন্নির এখন যেন মাথায় কড়াই চাপানো আছে, একটু দেরী হলেই সেজকাকিমা বকুনি দেবে। পরে শুনবো, বলে তিন্নি ছুট্টে অখিলকাকুর দোকান থেকে তেল নিয়ে বাড়ির দিকে ছুট। অখিলকাকুর দোকানে ওদের মাসকাবারী খাতা আছে, কাজেই পয়সা দেয়ার বালাই নেই। উর্দ্ধশ্বাসে দৌড়ে তেলের শিশিটা সেজকাকিমার হাতে দিয়ে নিশ্চিন্ত হয়ে তিন্নি ওদের ঘরে ঢুকল। ঘরটা মোটামুটি বড়। একপাশে ঢালাই বিছানা যেখানে ওরা ভাই বোনেরা সবাই একসঙ্গে শোয়। একপাশে মায়ের একটা আলাদা শোয়ার ব্যবস্থা আর ঘরের এককোনে ছোট একটা স্টোভ, অল্প স্বল্প রান্নার ব্যবস্থা। দুবেলার খাবার সেজকাকিমা একটা থালায় সকলের জন্য পাঠিয়ে দেয়। বেশিরভাগ দিনই তাতে কুলোয় না, মা আর তিন্নি আধপেটা খেয়েই থাকে। এতে অবশ্য তিন্নির তেমন কিছু যায় আসে না, ও তার স্বপ্নের জগৎ নিয়েই থাকে। ঘরের একপাশে রাস্তার দিকে মুখ করা একটি জানলা আছে আর তার নিচে এক চিলতে শান বাঁধানো বসার জায়গা আছে। তিন্নির সময় কাটে ওই জানলার ধারে বসে বসেই, কত শত কথাই না তার মাথায় ভিড় করে আসে। এখন একটু সময় পেয়ে তিন্নি গিয়ে জানলার ধারে একটা পড়ার বই নিয়ে বসল। এইরকমই সে করে, যখন সে নিজের জগতে ডুবতে চায়, সঙ্গে একটা পড়ার বই রাখে যাতে কেউ ওর স্বপ্নগুলোকে ভেঙে না দেয়। ঠাকুরমার ছল ছলে চোখ দেখলেই ওর বাবার কথা মনে হয়, মনে হয় হঠাৎই একদিন বাড়ির সামনে একটা ট্যাক্সি থেকে নেমে বাবা কড়া নাড়বে আর তিন্নি ছুট্টে গিয়ে দরজাটা খুলে দেবে। খুব ছোট বেলায় বাবাকে ওর আবছা আবছা মনে পড়ে। লম্বা, ফর্সা মানুষটা তিন্নিকে খুব ভালোবাসতো আর আদর করতো। ব্যাস, এর বেশি আর কিছু তার মনে পড়ে না। এ স্বপ্ন তিন্নির বহুদিনের কিন্তু ও কাউকে বলে না-বললে স্বপ্ন যদি বিফল হয়।

তিন্নির আরেক স্বপ্ন রাজকুমারের। ছোটবেলায় সে রাজা রাজকুমারের গল্প শুনতো ঠাকুরমার কাছে। একটা কি যেন গল্প ঠাকুরমা বলত, হ্যাঁ, ইতু ঠাকুরের গল্প। কোন দেশের এক রাজপুত্র আর কোটালপুত্র জঙ্গলে শিকার করতে করতে পথ হারিয়ে ফেলে। পথ খুঁজতে খুঁজতে রাত পুইয়ে যায় তারপর ভোরবেলায় এক দরিদ্র ব্রাহ্মনের বাড়িতে এসে কড়া নাড়ে। গল্প অনেক বড় কিন্তু তিন্নির রাজপুত্রের ব্রাহ্মনের বাড়িতে এসে কড়া নাড়াটুকুই ভালো লাগে। ও স্বপ্ন দেখে কোনো এক রাজপুত্র একদিন এসে ওদের বাড়িরও কড়া নাড়বে, তারপর সে তিন্নিকে নিয়ে যাবে এক স্বপ্নের দেশে।

(৩)

তিন্নি এবার ক্লাস এইট এ উঠলো। সেজকাকা কাছে পিঠে একটা মেয়েদের সরকারি স্কুলে ভর্তি করে দিয়েছিল। এখন তাকে নীল পাড় শাড়ি পড়ে স্কুলে যেতে হয়। একটাই শাড়ি, রোজ বাড়িতে ফিরে কেচে ঝুলিয়ে দেয়। বর্ষাকালে মুশকিল হয়। রোজ স্কুল যাওয়ার আগে তিন্নি ঠাকুরমাকে প্রণাম করে যায় আর ঠাকুরমা দুটো করে পয়সা দেয় টিফিনে কিছু খাবার জন্য। দোতালায় সিঁড়ির বাঁদিকের বড় ঘরটা ঠাকুরমার আর ডানদিকের ছোট ঘরটা সেজকাকিমার। সেদিন রোজকার মতো ঠাকুরমাকে প্রণাম করে নিচে নামতে গিয়ে তিন্নির চোখে পড়ল সেজকাকিমা খুব হেসে হেসে একটি ছোট ছেলের সঙ্গে কথা বলছে। এক মাথা কোঁকড়ানো চুল ছেলেটার আর কেমন যেন উদাস চাউনি। তিন্নির থেকে দু-এক বছরের বড়ই হবে ছেলেটা। কাকিমার কাছে বকুনি খাওয়ার আগেই সে সিঁড়ি বেয়ে নেমে গেল। স্কুল যাওয়ার পথে কেবলি ওই ছেলেটার কথা মনে পড়ছিল, কেন সে জানে না। ঠুকুরমার গল্পটা মনে পড়ছিল। কিন্তু সে তো ব্রাহ্মনের বাড়িতে কড়া নেড়েছিল। তাহলে এ সে নয়। আরো কিছু ভাবার আগেই তিন্নি স্কুলে পৌঁছে গেল। চিন্তায় ছেদ পড়ল।

দিন কয়েক পেরিয়ে গেছে। রবিবার দুপুরবেলায় বাড়িতে সবাই বিশ্রাম নিচ্ছে। শুধু ছোট ভাইটা ঘরের এক কোনে বসে নিজের খেলনা বাটি নিয়ে খেলছে। তিন্নি জানলার ধারে বসে ওর স্বপ্নের রাজকুমারকে কিছুতেই মেলাতে পারছে না। এখনো তো কেউ কড়া নেড়ে এলোনা। হঠাৎই তিন্নি নিজের কানকে বিশ্বাস করতে পারছিল না, কড়াটা খুব জোরে নড়ে উঠল। তিন্নিদের ঘরটা সদর দরজার ঠিক পাশেই, তাই তিন্নিই সাধারণত কেউ কড়া নাড়লে দরজা খোলে। আজ কি যেন এক অজানা প্রত্যাশা নিয়ে ছুটে দরজা খুলতে গেল। দরজা খুলে ওর মুখ দিয়ে কথা বেরোলো না। আগন্তুক আমতা আমতা করে বললে, আমি অপু, আমার দিদি, আর কথা বলতে দিল না তিন্নি, এসো এসো বলে দরজাটা খুলে একটু সরে দাঁড়ালো। সেজকাকিমা ওপরের ঘরে আছে, আমি তিন্নি। দুজনেই হাসলো। অপু বলল, ও বেশ সুন্দর নাম তো, অপু জুতো খুলতে খুলতে বলল।

তিন্নি তাড়াতাড়ি বলে উঠলো, আমার ভালো নাম "নয়নতারা"।

অপুর জুতো খোলা হয়ে গেছে, ও বলল, হাতে একটু জল।

হ্যাঁ হ্যাঁ ওই তো কলতলা, হাত ধুয়ে নাও, তিন্নি বলল।

তারপর একটু হেসে অপু সিঁড়ির দিকে এগোলো, শুধু যাওয়ার আগে মুখ বাড়িয়ে বলে গেল ভালো নামটা তো আরো সুন্দর। কে জানে কেন আজ মুখচোরা তিন্নি কথা বলেই যাচ্ছে। তিন্নি বললে, হ্যাঁ আমার বাবা ওই নামটা দিয়েছে। অপু আরেকবার

হেসে ওপরে উঠে গেল।

তিন্নির আর আনন্দ ধরে না। ছুট্টে গিয়ে সেই জানলার ধারে বসলো আর মাথা নিচু করে দুহাতে চোখ বন্ধ করলো। তিন্নির রাজকুমার এসে গেছে কড়া নেড়ে ঠিক যেমনটি ঠাকুরমার গল্পের রাজকুমার এসেছিল। ওর চোখে জল এল, কেউ দেখেনি, শুধু ছোট ভাই খেলা করতে করতে বলে উঠল, দিদি তুই কাঁদছিস কেন? তিন্নি ভয় পায়, সবাই যদি শুনে ফেলে। দৌড়ে গিয়ে ভাইকে চুপ করায়। ভাইকে চুপ করালে কি হবে তিন্নির মন তো তখন রাজকুমারের ঘোড়ার পিঠে চড়ে ছুটে চলেছে তেপান্তরের মাঠের দিকে। প্রথম দেখাতেই এতো কথা, তিন্নি যেন বিশ্বাস করতে পারছে না।

অধীর আগ্রহে তিন্নি তাকিয়ে আছে দোতালার সিঁড়ির দিকে, কখন আবার সে নামবে। বেলা পরে এল অপুর নিচে নামতে নামতে, সঙ্গে সেজকাকিমা নিজেই। তিন্নির আজ কি হল কে জানে, সেজকাকিমাকেও আর ভয় নেই। নিমেষে ছুটে এসে অপুর দিকে তাকিয়ে বললে, আজ চললে? সেজকাকিমা অপুর দিকে তাকিয়ে বললে, তিন্নির সঙ্গে তোর আলাপ হয়ে গেছে? অপু বলল, হ্যাঁ, ওই তো দরজা খুলে দিল। সেজকাকিমা বললে, ও তাহলে তো ভালই হল, তিন্নি তুই তাহলে অপুকে বাসে তুলে দিয়ে আয়। যত ফাই ফরমাস খাটার জন্য সেজোকাকিমার তিন্নিকে দরকার। অবশ্য এই ফরমাসটা পেয়ে তিন্নি খুবই খুশী। সেজকাকিমার আদরের ছোট ভাইকে একা একা রাস্তায় ছাড়তে মন চায়না অথচ সে একাই আলিপুর থেকে এসে কড়া নেড়েছে।

(৪)

দুজনে যখন রাস্তায় নামলো তখন সূর্য সবে পাটে বসেছে। দুজনেই মাথা নিচু করে রাস্তার দিকে তাকিয়ে হাঁটছে। তিন্নির মনে কথার বুদবুদ কাটছে, যে কোনো অজুহাতে বেরিয়ে আস্তে চাইছে।

তিন্নি শুরু করে ফেলল, তোমার ভালো নাম কি?

অপুও কথা বলার জন্যে ছটফট করছিল। সঙ্গে সঙ্গে উত্তর দিল, অপূর্ব। তারপর অপু আর থামল না, বলেই চলল, তোমার কি কি সাবজেক্ট ভালো লাগে?

বাংলা, বলল তিন্নি, তারপর আরো বলল, তোমার?

অপু বললল, হ্যাঁ বাংলা আমার ভালো লাগে তবে সব থেকে ভালো লাগে অঙ্ক।

বাপরে, শুনেই আঁতকে উঠলো তিন্নি, বলল, ওরে বাবা আমার অঙ্কতে বড় ভয়।

অপু বলল, সে কি অঙ্ক তো সোজা। আচ্ছা, এরপর আমি যেদিন আসবো তোমাকে সব বুঝিয়ে দেব, কোনো ভয় নেই।

তিন্নির রাজকুমারের কথা শুনেই যেন অঙ্কের অর্ধেক ভয় কেটে গেল।

অস্তমিত সূর্যের আভা তিন্নির মুখে এসে পড়েছে। ততক্ষণে ওরা বাস স্ট্যান্ড-এ এসে পৌঁছেচে আর দূরে ৪৭ নম্বর বাসটা দেখা গেল। অপু হঠাৎ বলে বসল, তিন্নি তোমাকে খুব সুন্দর দেখতে, যেমনি সুন্দর তোমার নাম। তিন্নি একথা আশা করেনি, ভ্যাবাচ্যাকা খেয়ে বলল, ধ্যাৎ, আমি আবার সুন্দরী নাকি? অপু বাসের হ্যান্ডেলটা ধরে উঠতে যাচ্ছে, এমন সময় তিন্নিও কথা ছুড়ল, আর তুমিও।

তিন্নির জীবনে এক নতুন অধ্যায় শুরু হল। তিন্নি রাজকুমারের ঘোড়ার পিঠে চড়ে কতোনা পাহাড়, জঙ্গল পথ ঘুরে বেড়ায়। তারপর শ্রান্ত দেহে ছায়াবটের তলায় দুজনে বসে। তিন্নি রাজকুমারের বুকে মাথা রেখে বলে, এতো সুখ কি আমার সহ্য হবে? সে তার সব স্বপ্নের কথা, সব কষ্টের কথা রাজকুমারকে বলে, বলে তার বাবা ফিরে আসার স্বপ্ন, বলে তার ঠাকুরমার গল্পের রাজকুমারের কথা। কখনো হাসে আবার কখনো কাঁদে। তিন্নি কাঁদলে রাজকুমার তার চোখ মুছিয়ে দেয় আর নিজেও কাঁদে। তিন্নির রাজকুমারের স্বপ্ন যেমন সফল হল, বাবা ফিরে আসার স্বপ্ন কেন মিলছে না। সে এখনো স্বপ্ন দেখে বাবা ফিরে আসবে আর তাকে জড়িয়ে ধরে আদর করবে।

(৫)

সেদিন শুন্য দুপুরে তিন্নি অপুর দেওয়া অঙ্কগুলো নিয়ে হিমশিম খাচ্ছিল, এমন সময় কড়াটা নড়ে উঠল। তিন্নির মন বলছে, এ আর কেউ নয়, তিন্নির রাজকুমার। ছুট্টে গিয়ে দরজা খুলতেই দেখল সামনে দাঁড়িয়ে মিটি মিটি হাসছে অপু। তারপর দরজা থেকেই অপু জিজ্ঞেস করল, অঙ্কগুলো করছো? চলো দেখি। তিন্নি অপুকে ওদের ঘরে নিয়ে গিয়ে দেখাল ও কি করেছে।

সব ভুল বলল অপু, তারপর খাতা আর পেনটা নিয়ে বলল, আমি সব করে দিচ্ছি, মন দিয়ে শোনো। এই বলে চটপট সব কটা অঙ্ক নিখুঁতভাবে করে বুঝিয়ে দিল। কিন্তু ছাত্রীর মন যে অন্য কোথাও। সে তখন তার রাজকুমারকে নিয়ে স্বপ্ন দেখছে। আরো কিছু অঙ্ক আর দুটো ইংরিজি ট্রান্সলেশান দিয়ে অপু উঠে পড়ল। অপু বলল, একবার দিদির সঙ্গে দেখা না করলে দিদি সন্দেহ করবে। এদিক ওদিক দেখে তিন্নি অপুর হাতটা ধরে আব্দারের স্বরে বলল, এবার থেকে তুমি রোজ আসবে, বলো আসবে। অপু একটু হাসল তারপর ওপরে উঠে গেল।

তিন্নি অনেকবার ভেবেছে ঠুকুরমাকে তার রাজকুমারের কথা সব বলবে, কিন্তু ঠাকুরমা ঠাট্টা করবে ভেবে আর কিছু বলা হয়নি। কিন্তু ঠাকুরমার জহুরির চোখ, তিন্নির হাবভাব দেখে তিনি সবই বোঝেন। সেদিন ঠাকুরমা কিছু বলার আগেই অপুকে হাত ধরে ঠাকুরমার কাছে নিয়ে গেল তিন্নি। অপু ঠাকুরমাকে প্রণাম করে সামনে বাবু হয়ে

বসলো আর মনে মনে ভাবছিল এতো সুন্দর মানুষ আবার হয় নাকি। তিন্নি বলল সেজকাকিমার ছোটভাই।

ঠাকুরমা বললে, তা বেশ, বস দাদাভাই। তারপর তিন্নিকে বললে, ওকে কিছু নাড়ু দাও দিদিভাই আর নিজেও নাও। তারপর দুজনে নাড়ু হাতে ঠাকুরমার পাশে বসল, তিন্নি ঠাকুরমার একটু গা ঘেঁষে বসল। ঠাকুরমা আচমকাই অপুর দিকে তাকিয়ে বলল, আমার দিদিভাইকে তোমার পছন্দ হয়? অপু এ কথার মানে না বুঝতে পেরে বলে উঠল, হ্যাঁ, তিন্নির সবই ভালো কিন্তু অঙ্কতে বড্ড কাঁচা। ঠাকুরমা বলল, তা বেশ তো তুমি না হয় একটু আধটু দেখিয়ে দিও। তারপর দু একটা কথার পর ঠাকুরমা বলল, যাও, তোমরা এবার খেলা করো গিয়ে। ঠাকুরমার কাছে তিন্নির খেলার বয়স আর বাড়েনা। ঘর থেকে বেরিয়ে এসে ওরা দুজনে ছাদে গেল নিরালায় দুটো কথা বলতে। অপু চোখে জিজ্ঞাসার চিহ্ন। তোমার ঠাকুরমা কি বললেন? আমার তোমাকে পছন্দ হয় কি না? তোমার ঠাকুরমা সব বুঝতে পারেন। উনি খুব ভালো আর এমন সুন্দর মানুষ আমি আগে কখনো দেখিনি। আমার ভয় আমার দিদিকে নিয়ে

এখন বছর দুয়েক পার হয়ে গেছে, অপু হায়ার সেকেন্ডারি খুব ভালোভাবে পাস করে দেশের সব থেকে বড় ইঞ্জিনিয়ারিং কলেজে ঢুকেছে আর তিন্নিও ক্লাস টেন-এ উঠেছে। অপু বারবার তিন্নিকে বোঝায়, দেখো এখনতো আমি রোজ রোজ খড়গপুরের হোস্টেল থেকে আস্তে পারবো না, তাই তুমি একটু সাবধানে থেকো। আর কয়েকটা বছর, তারপর... তিন্নি অপুর মুখের কথা কেড়ে নিয়ে বলে, তারপর আমাদের বিয়ে। অপুর রাগের ভান করে, তিন্নির মাথায় হালকা একটা টোকা দিয়ে বলে, তুমি একটা পাগলি। তার আগে একটা চাকরি পেতে হবে না? সকলকে বোঝাতে হবে না? তিন্নি বলে, ও সব হয়ে যাবে, তুমি তো ভালো ছেলে।

অপু বলে, আর তুমিও তো ভালো মেয়ে আর সেখানেই তো আমার ভয়। তুমি এতো সুন্দরী কেউ যদি নজর দেয়।

তিন্নি বলে, অ হা হা কি সুন্দরীর ছিরি?

এই রকম দু চারটে কথার পর অপু বলে, কাল আবার হোস্টেলে ফিরে যেতে হবে, আবার কতদিন পর তোমায় দেখতে পাব? পড়াশুনোয় মন বসে না।

তিন্নি এবার ধমকের স্বরে বলে, খবরদার পড়াশুনোয় অমনোযাগী হবে না। আমি তো তোমারি রইলাম জন্ম জন্মান্তরের জন্য। আচ্ছা এবার থেকে প্রতি সপ্তাহে একটা করে চিঠি দেব।

ঠিক কথা দিচ্ছো? অপু বলে। আরো বলে, প্রথম প্রথম আমি তোমায় কত চিঠি দিয়েছি, তুমি তার একটারও উত্তর দিয়েছো?

তিন্নি এবার আব্দারের স্বরে বলে, প্রমিস, এবার থেকে ঠিক দেব তবে একটা শর্ত আছে।

কি আবার শর্ত? অপু জিজ্ঞেস করে।

তিন্নি আবার আব্দারের স্বরে বলে তোমাকেও সেই আগেকার মতো কবিতা লিখে উত্তর দিতে হবে।

এই বলে তিন্নি অপুর হাতটা শক্ত করে ধরে কাঁদতে শুরু করল। তিন্নি কাঁদলে অপুর বড় কষ্ট হয়। ওকে কাছে টেনে নিয়ে বলল, আমি চিঠি দেব গো কবিতা লিখেই, প্রমিস। তিন্নি বলল, না গো আমার স্বপ্ন ছিল রাজপুত্রের, তোমায় পেয়েছি, কিন্তু বাবা?

অপু বুঝতে পারে না কি বলে তিন্নিকে ও সান্তনা দেবে। শুধু বলল, কেঁদো না আমি তো আছি।

তিন্নি কাঁদতে কাঁদতে বলল, আবার তুমিও চলে যাবে না তো?

অনেক বুঝিয়ে তিন্নির চোখের জল মুছিয়ে ওরা নিচে নামলো। তারপর দিদির সঙ্গে দেখা করে অপু চলে গেল, শুধু যাওয়ার আগে সকলের চোখ বাঁচিয়ে তিন্নির গালটা একটু টিপে দিয়ে গেল। তিন্নি তখন হাসছে, এটাই শুধু দেখতে চায় অপু, আর কিছু নয়।

(৬)

মাস দুয়েক হয়ে গেছে। তিন্নি চিঠি দিয়েছে আর অপুও কবিতা লিখে উত্তর দিয়েছে। একদিন সকালে তিন্নি ঘুম থেকে উঠে দেখল, সারা বাড়ি থমথমে। সবাই ঠাকুরমার ঘরে বসে কাঁদছে আর ঠাকুরমা ঘরের মাঝখানে যেন নিঃসাড়ে ঘুমোচ্ছে। তিন্নি মৃত্যু আগে কখনো দেখেনি, কিন্তু গল্পের বইয়ে পড়েছে বা অন্যর মুখে শুনেছে। তিন্নি যেন কাঁদতে ভুলে গেল, তার শরীর, মন সব যেন অবশ হয়ে গেল। ঠকুরমা নেই, তিন্নির জীবন যেন শুন্য হয়ে গেল। তিন্নি ভাবতেই পারছে না ঠাকুরমা ছাড়া জীবন। তিন্নির কাছে সবার আগে ও সবার পরে ঠাকুরমা।

দিন কয়েক কেটে গেল, ঠাকুরমার শ্রাদ্ধ শান্তি হয়ে গেল। ঠাকুরমার ঘরটা তিন্নি যেন আর তাকিয়ে দেখতে পারছে না। একটা মহাশুন্য যেন তিন্নিকে গিলে খেতে আসছে। ছাদে গিয়ে আকাশের দিকে তাকায়, রাস্তায় রাস্তায়, গলিতে গলিতে ঠাকুরমাকে সে খুঁজে বেড়ায়। ওর কথা বোঝার মতো এ বাড়িতে কেউ নেই। লম্বা চিঠি লিখল সে অপুকে। সব লিখে ও অপুকে তখুনি আস্তে বলল, আর লিখল, আমি আর পারছি না রাজকুমার নীরবে এই কষ্ট সহ্য করতে, তুমি এস। সাধারণত এক সপ্তাহের মধ্যেই

চিঠির উত্তর আসে কিন্তু এবার কি হল কোনো উত্তর নেই, সপ্তাহের পর সপ্তাহ, মাসের পর মাস কেটে গেল। অপুর চিঠি আর এলোনা। তিন্নি বুঝতে পারে না ও কি করবে। কিছু না হোক সেজকাকিমার কাছে তো আসবে, কিন্তু তাও তো সে আসে না।

তিন্নি লক্ষ্য করেছে, সেজকাকিমার ব্যবহার আরো রুক্ষ হয়ে উঠেছে। তিন্নি সেই জানলার ধারে বসে বসে দুহাতে মুখ চেপে কাঁদে আর মনে মনে বলে, রাজকুমার তুমি আজ কোথায় আছ, কেমন আছ, কেন চিঠি দাও না তোমার তিন্নিকে? মাসের পর মাস কেটে গেল, তিন্নির রাজকুমার কোথায় হারিয়ে গেল, ঠাকুরমাও চলে গেল আর বাবাও ফিরল না। তিন্নির রূপকথার গল্প ঠাকুরমার হাত ধরে তিন্নির জীবন থেকে কোথায় হারিয়ে গেল। তিন্নি কিছুই বুঝতে পারে না, তবে একদিন কি একটা কথার পিঠে সেজকাকিমা বলেছিল, বামন হয়ে চাঁদে হাত দেয়ার চেষ্টা করিস না।

তিন্নি হয়তো একটু বঝেও বুঝল না। সেজকাকিমা অপুকে তিন্নির জীবন থেকে সরিয়ে দিয়েছে চিরতরে। তিন্নির কষ্ট হয় আর মনে মনে ভাবে, রাজকুমার দিদির ভয়ে তুমি তোমার তিন্নিকে ভুলে গেলে। জানলার ধারে বসে বসে সে রোজ কাঁদে আর মনে মনে বলে, রাজকুমার তুমি ফিরে এস। বাবাও এলো না, তমিও চলে গেলে আর ঠাকুরমাও চলে গেল, এরকম কেন হল? দুঃখে ক্ষোভে একদিন তিন্নির মুখ দিয়ে বেরিয়ে এলো, রাজকুমার একদিন তুমিও আমার জন্যে এমনিভাবেই কাঁদবে। কথাটা বলেই ও ভগবানের কাছে প্রার্থনা করল, আমাকে কষ্ট দিতে হয় দাও কিন্তু আমার রাজকুমারকে কষ্ট দিও না। তিন্নির জীবন থেকে রাজকুমার মুছে গেল। বাইরে বৃষ্টি পড়ছে আর তার ছাঁট আসছে। তিন্নি জানলা বন্ধ করে উঠে গেল, আর কখনো ওখানে বসেনি।

শুধু অনেকদিন পর তিন্নি বিয়ের পিঁড়িতে বসে দু হাত দিয়ে পান পাতা সরানোর আগে স্বর্গের সব দেব দেবীকে আকুলভাবে ডেকেছিল, যেন পান পাতা সরিয়ে সে তার রাজকুমারের মথাভরা কোঁকড়ানো চুল আর সেই উদাস চোখ দুটি দেখতে পায়। কিন্তু প্রেমের দেবতা তিন্নির সে ইচ্ছে পূরণ করেনি।

কবিতা

অনেক দিনের পর

মাঝে মাঝে মনে হয়, অনেক দিনের পর এক ছুটে
উঠোনটা পেরিয়ে ছেলেবেলায় পৌঁছে যাই।
সেখানে যে এখনো ডাগর চোখের ফুট ফুটে মেয়েটা
দাঁড়িয়ে আছে, চোখের পাতায় তার জল বোঝাই।
দুহাতে এখনো ধরে আছে একমুঠো কনকচাঁপা
উদাস হয়ে তাকিয়ে আছে কার পানে কোন অতীতে?
এই মিষ্টি মেয়ে? কথা বলতে ভয় হয় পাছে
ফুলগুলি পরে যায় আর চোখের পাতার জল মাটিতে।
কিন্তু কথা তো বলতেই হবে-দাঁড়িয়ে আছে সে কত যুগ ধরে
জমেছে কত কথা-উপচে পড়েছে ব্যাথা অভিমানের ঘড়া বেয়ে।
অপলকে তাকিয়ে সে-চোখের পাতায় জল তখনও ধরা
হাতখানি ধরে বলি-এই তো এসেছি আমি কোন অতীতের পথ বেয়ে।

হাতের ফুলগুলি ফিরিয়ে দিয়ে তার চোখের পাতার জল বইতে থাকে
গঙ্গা, যমুনা, কৃষ্ণা, কাবেরী ও গোদাবরীকে হার মানিয়ে জল ঝরতে থাকে।
দুষ্টু মিষ্টি মেয়েটা কখন যেন শৈশব পেরিয়ে কৈশোরে, কৈশোর পেরিয়ে যৌবনে
তারপর চোখের জলের স্রোতে সে ধীরে ধীরে পৌঁছে গেলো প্রৌঢ়ত্বের বাঁকে।
আমার বুকে যখন সে আছড়ে পড়লো-চুলে তখন তার পাক ধরেছে
আমিও কখন যেন বুড়িয়ে গেলাম ওর দেওয়া ফুলগুলি হাতে ধরে।
বুকের কাছে পাকধরা মাথাটি টেনে নিয়ে বললাম ফিসফিসিয়ে
এতো দেরি হয়ে গেলো কেন বলতো প্রথম দিনের বাড়ানো হাতটা ধরে।

শ্রাবণ ১৪২৮
কলিকাতা

আমার আগমনী

বছর ঘুরে শরৎ এলো আলোর ধারা বেয়ে
কেমন যেন মন মাতানো আনন্দ গান গেয়ে।
পুজোর খবর নিয়ে এলো স্নিগ্ধ বাতাস ধেয়ে
যেন ধৈর্যহারা উল্লসিত ছোট্ট এক মেয়ে।

ভিজে ভিজে বর্ষা দিনের শেষে
শরৎ এলো সেজে নতুন বেশে।
কাশের বনে, খালে বিলে রৌদ্র যেন হাসে
এমন দিনে আগমনীর সুরটি ভেসে আসে।

মুখরিত পল্লী নগর
তথাকথিত ব্যস্ত শহর।
তৈরী সবাই হাচ্ছে যেন মাতৃপুজোর তরে
বছর ঘুরে মা আসছেন সবার ঘরে ঘরে।

আমার মা ও কি আসবে ফিরে এমন খুশির দিনে
শুধাই বসে মায়ের চিত্রপটে শুন্য ঘরের কোনে।
তারার দেশ ছাড়তে কি মা অনেক সময় লাগে?
অপেক্ষাতে আছি মাগো বছর তিনেক আগে।

আমি তোমার লক্ষী মাগো, আমিই সরস্বতী
তোমার দেখা পেলে মাগো হব ভাগ্যবতী।
বৈতরনীর পারেকি মা অনেক কাদা জল
থাক নেই মা কষ্ট করে, থাকুক চোখের জল।

তোমার মুখ মা দেখব বসে সবার মায়ের মুখে
আগমনীর অপেক্ষাতেই থাকব বসে সুখে।
তোমার বুকে মুখ লুকিয়ে বলব অনুভবে
গল্প বলো মাগো-এখন ও তো রাতদুপুরে প্রথম প্রহর সবে।

আশ্বিন ১৪২৫
কলিকাতা

আমার ভাবতে ভালো লাগে

আমার ভাবতে ভালো লাগে—
নিশুত রাতে গাঁয়ের আলপথ দিয়ে
চুপিসারে তুমি আসবে রূপের ডালি নিয়ে।
ও রূপের আলোয় চোখে ধাঁধাঁ লাগবে
কখন ফাঁকি দিয়ে যাবে চলে—মনে আবার ভয় জাগবে।

হয়তো বা গভীর রাতে পাড়ার শুন্য গলিপথ ধরে
হাসিমুখে কখন দাঁড়াবে এসে—রূপ পড়বে ঝরে।
আবারো সেই শঙ্কা, কখন যাবে তুমি চলে ধরা না দিয়ে
ভীরু ভালোবাসা—ছাড়তে চাইবে না তোমার কথা দুটো না নিয়ে।

হয়তো বা জ্যোৎনা রাতে বরফ ঢাকা পাহাড়ি রাস্তা বেয়ে
নিঃশব্দে আসবে ঘরে-শান্ত, স্নিগ্ধ উজ্জ্বল এক মেয়ে।
এরূপ ভালোবেসে প্রাণ মন যায়
এবার ও কি যাবে চলে ফাঁকি দিয়ে হায়।

আমার ভাবতে ভালো লাগে—
তোমাকে পাবোনা জেনেও পাওয়ার ইপ্সা জাগে।
যুগ যুগান্তরের প্রারব্ধ—এ ভালোবাসা
যেন চৈত্রের ফুটিফাটা মাঠে একবিন্দু জল—তবু এই আশা।
তোমার রূপের ছটায় ধুয়ে যাবে সেই ঐন্দ্রিও অব্যক্তি
হয়তো বা দিনশেষে মিশে যাবে ভালোবাসা আর ভক্তি।

পৌষ ১৪২০
কলিকাতা

ইচ্ছা পূরণ

আজ ভাবছি তোমার কাছে যাব
এখানে সন্ধ্যায় জুঁইের গন্ধ আর দখিনা বাতাস।
তোমায় খুব দেখতে ইচ্ছে করছে
কিন্তু রাস্তা যে বড় সহজ নয়—
সেই বৈতরণী পেরিয়ে—কি করে যাই বলো।
তার চোয়ে ভাল তুমি ই না হয় এসো—
রাত গভীরে চুপিসারে।

হাল্কা নীল শাড়ী আর মস্ত এক খোঁপা
পরিয়ে দেব সযত্নে গাঁথা এই জুঁইের মালা।
শুক্লা অষ্টমীর চাঁদের আলোয় দেখব তোমায়
ভালোবাসার কথা হয়তো থেকেই যাবে অধরে অব্যক্ত।
তারপর রাতশেষে অস্তগামী চাঁদের রেশ
হয়তো মিলিয়ে যাবে তুমি—এইটুকুই বা কম কি বলো।

বৈশাখ ১৪২৬
কলিকাতা

খুঁটি

ঠাকুর বলতেন মুখের ওপর গামছা
তাই সব কিছু কেমন যেন আবছা।
ভয়ে ভয়ে পা টিপে টিপে পথ চলা
কখন যে পিছলে যায় তা কি যায় বলা।
একটা খুঁটি হলে ভাল হত
খুঁটির জোরেই তো সব পেরিয়ে যায় সময় মতো।
মাঝে মাঝে গামছার ছিদ্রপথে যেন খুঁটিটার টের পাই
আবছায়া একটু কেটে যায়, মনে যেন বল পাই।
সাধ জাগে যেন সদা তাঁর দেখা পাই
ক্ষুদ্র জীব তেমন প্রারব্ধ তো আর নাই।

শ্রাবণ, ১৪২৫
কলিকাতা

ছবি

তোমার ছবিটা নিয়ে প্রায়ই বসে বসে ভাবি তাই
তুমি তো কবেই গেছো চলে—মানতে পারি বা নাই।
তবু তো ডাগর চোখে চেয়ে চেয়ে কত কথাই না বলো
শুনতে শুনতে কোথায় যাই হারিয়ে—পুরোনো কথা সব বলো।
বৃষ্টি ভেজা উঠোনের কোনে শিউলি গাছের নীচে
তোমায় দেখি ভর দুপুরে দাঁড়িয়ে একা, তোমার খোলা বেনী ভিজে।
দিনগুলো সব হারিয়ে গেছে—নিশুত রাতে গুমরে কাঁদে তোমার ভালবাসা
বুঝতে পারিনি আমি তোমার সেদিনের কান্নাভরা অভিসারের ভাষা।

আর আজ আমার ভালবাসা তোমায় স্বর্গ-মর্ত্য-পাতাল খুঁড়ে খুঁজে মরে
শুন্যহাতে কত সাজাই তোমায়-মনের আশায় মনের ভাষায় অতি যতন করে।
তুমি হাস, গাও, কথা কও কোন অতীতের গর্ভ হতে আমার হাতটি ধরে
আজ আমার ভালবাসা নামে সন্ধ্যার বুক চিরে
বড় ভাল হতো এই লগ্নেই তুমি এলে ফিরে।
আমার ঠাকুর ঘরে শঙ্খধ্বনি তো হোতো
তুলসী তলায় হয়তো প্রদীপের শিখাটাও জ্বলতো।

বড় ভুল হয়ে গেছে—ভালবেসে হাতীবাগানের বাজারে হাত ধরে
কেন যে দর করিনি তোমার প্রিয় শাড়ীটা অনন্ত সময় ধরে।
আজ হৃৎপিন্ডটা যেন বেরিয়ে আসে ভুলের মাশুল দিয়ে
তবু প্রেম বাড়তে থাকে বৈতরনীর পরপারে অশরীরী মন দিয়ে নিয়ে।
তাই হয়তো হবে, না হলে তুমি হঠাৎ কেন জরিয়ে ধরে কন্ঠ
সব ভুলে আদর কর আর চুম্বনে ভরিয়ে দাও গন্ড।
ভালবাসার নামে আমি কাঁদি আর মন ভরে যায়
চোখের জলে না ভাসলে কি আর তোমায় পাওয়া যায়।

মাঘ ১৪২৫
কলিকাতা

তারার খোঁজে

রাতের আকাশে কত তারা দেখি-তারা সবাই কিন্তু নেই
তুমিও কি তাদের মত নেই—
আছে শুধু শত সহস্র আলোক বর্ষ পেরিয়ে তোমার দ্যুতি
আর আছে অনন্ত বিশ্ব মাঝে আমাদের ভালবাসার জ্যোতি।

এসব অনেক বড় কথা তোমাকে আজও দেখি চোখ বন্ধ করে
কত আনন্দ কত তুষ্টি-আর চোখ খুলে স্মৃতিটুকু মাথা খুঁটে মরে।
আজ তোমাকে দেখতে চায় মন-সেই সেদিনের বেশে
কিন্তু চোখের দীনতা, চোখের জলেতে সবই যায় ভেসে।

ভালবাসা তোমায় চিনতে পারি না যে
তুমি কি আজও আছ ওই দূরের তারার মাঝে?
মন মানে না-যখন তোমায় দেখি হৃদয় মাঝে
হঠাৎ কখন উঁকি মারো ব্যস্ত দিনের কাজের মাঝে।
জড়িয়ে গলা ঘনিষ্ঠ হয়ে বসো
নিঃশব্দ দুষ্টুমিতে কতই ভালবাসো।
ভালবাসা, আবার তোমায় চিনতে পারি বেশ
হঠাৎ যখন উধাও হয়ে পারি দাও কোন দেশ।

পৌষ ১৪২৫
কলিকাতা

প্রথম প্রেম

যেন ঘুম ভাঙলো প্রায় বছর দশেক পর
ভুল অঙ্ক-বুঝলাম সেই পরীক্ষাতে খাতা দেবার পর।
আজ আমি অন্য কারো বর
আর তোমারও তো অনেক দুরের ঘর।
তুমিও ছিলে অন্য কারো নারী
হয়নি তোমার আসা আমার বাড়ি।
বড় অদ্ভুত সব ধরার হিসাব নিকাশ
ভুল অঙ্কেই বেশ তো হলাম পরীক্ষাতে পাশ।
ঘুম চোখেতেই বছর দশেক কাটলো আমার বেশ
তোমায় বিনা পেলাম মনে অনেকখানি ক্লেশ।
ঘুম ভাঙতেই মনে পড়ে হারিয়ে যাওয়া কথা
ভুল অঙ্কের হিসাব নিকাশ ভরা আমার খাতা।
প্রথম ভালোবাসা
যেন স্নিগ্ধ স্নাত প্রভাত পুষ্পে পুষ্পে ভাসা।
বিদীর্ণ এই হৃদয় নিয়ে খুঁজে বেড়াই তোমায়
হৃদয় জোড়া হারানিধি খুঁজবো আমি কোথায়?

পৌষ ১৪২৫
কলিকাতা

প্রশ্ন

নির্বাক দেবতাকে জানাতে বসেছি আজ,
হৃদয়ের শত অভিযোগ।
কেন এই অপ্রকৃত সমাজ
পাশাপাশি কেন এই দারিদ্র ও সম্ভোগ?
প্রকৃতিকে তুচ্ছ করে মানুষের অবাস্তব খেলা,
আত্মসংরক্ষণের নিদারুন পণ।
কেন এই দীনতা মানুষের বেলা?
কেন নেই তার জীবনের প্রয়োজন?
ধ্বংসের বিভীষিকা লেগে আছে সৃষ্টির আদি হতে
যেন খুনসুটি হানাহানি মানুষের দ্বিতীয় স্বভাব।
কেন এতো কিছু গড়া যদি ভাঙতেই হবে ফিরবার পথে?
কেন মানুষের এতো মনুষ্যত্বের অভাব?
ভালোবাসা-সে তো পাগলের প্রলাপ,
সব ভুলে ইন্দ্রিয় তুষ্টির অভিপ্রায়।
কেন এতখানি সত্যের অপলাপ?
কেন নামাবলী ওই ভন্ড সাধকের গায়?
শোনা যায় এ নাকি সৃষ্টিকর্তার খেলা
ভালো মন্দ, আলোছায়া-যেন দুই সহোদর।
রঙ্গ যুদ্ধে মত্ত তারা সারা বেলা
দূরে বসে সব দেখে স্রষ্টা হন আনন্দিত ঘোরতর
কেন এই অপ্রয়োজনীয় ধ্বংসরত ক্রীড়া?
স্বহস্তে সৃজিত এই চৈতন্যে দাও পীড়া?

মাঘ ১৯৮২
ইংল্যান্ড

পরজন্মে

পরজন্মে তোমায় কি গো পাবো
গড়ের মাঠে তোমায় নিয়ে যাবো?

তখনো কি সেথায় যাবে পাওয়া
বাদামভাজা-গাছের ছায়ায় খাওয়া?

তখনও কি তোমার দুষ্টু মিষ্টি হাসি
আমায় যাবে নিয়ে আকাশ পানে ভাসি?

তখনও কি ডালহৌসি যাবার বাসটা
আমাদের নামিয়ে দেবে ভিক্টোরিয়ার কাছটা?

তখনও কি হাত ধরাধরি হাঁটলে সবে
দূর থেকে খুব মুখ টিপে টিপে হাসবে?

তখনও কি পুজোর ভিরে হারিয়ে যাওয়া যাবে
পথের মাঝে ক্লান্ত হলে ফুচকা খাওয়া যাবে?

তখনও কি রঙ ধরবে গলির মোড়ের কৃষ্ণচূড়ার ডালে
রঙ ধরবে তোমার আমার মনে মিষ্টি মধুর তালে?

তখনও কি শীতের দুপুর গড়িয়ে যাবে অস্তাচলে রবি
তারই ছটায় তোমার মুখে দেখবো আমি গতজন্মের ছবি?

হয়তো তখন বদলে যাবে ফুচকাওলার ঝাঁকা
থাকবে তবু সন্ধ্যাকাশে ভালবাসার রঙ্গীন ছবি আঁকা।

তুমি হবে অন্যযুগের মহীয়শী নারী
আর আমি? রব সেই বোকাহদ্দ আমি।

আশ্বিন ১৪২৬
কলিকাতা

ফিরে দেখা

উনিশ নম্বর হরি ঘোষ স্ট্রীট
গলির মোড়ের বাড়িটার দোতালা বারান্দা।
ওই বোধহয় উড়ে এসে বসল এক চরুই
নিল রং করা চরুই—এ বাড়ীর বড় খোকার পোষা।

কান্তিবাবু এবার বোধহয় বেরবেন
উত্তর থেকে একেবারে দক্ষিণে ন্যাশানাল লাইব্রেবীর দিকে।
কান্তিবাবুর আফিস-বাড়ির ঝক্কি সবটাই সাবিত্রীবালার ঘাড়ে
বড় খোকার রং করা চড়ুই থেকে মেজমেয়ের মেনি বেরাল পর্যন্ত।

একটু দূরে দাঁড়িয়ে দেখলে যেন সাদা কালো সিনেমা
মিলে যায় এ বাড়ির ইতিহাসে।

দুপুর গড়ালে সাবিত্রিবালার একটু ছুটি
পাতা কেটে চুল আঁচড়ে-একটু হিমানি স্নো।
একটু পরেই রেডিও তে "অনুরোধের আসর"
বিকেল চারটেতে টাইম কলে জল আসে।

আবার সুরু ঘরকন্নার ধোয়ান্যাতা
স্কুল ছুটি ছেলেমেয়েদের বাড়ি ফেরা।
কিছু খাওয়া-কিছু কথা-কিছু বকা
কান্তিবাবুর বাড়ি ফেরা-হাতে বাজারের থলি-নিতান্তই।
সন্ধ্যা নামে-সাবিত্রীবালার নতুন পর্ব
রান্নাবান্নার ফাঁকে "আজকের নাটক"।

একটু দূরে দাঁড়িয়ে দেখলে-
দোতালার বারান্দাটা আজও কথা বলে।

মাঘ ১৪২৫
কলিকাতা

ফুরিয়ে যায়

রাতে আমার শুতে যেতে অনেক দেরি হয়
কেমন যেন সব শেষ হয়ে যাওয়ার ভয় হয়।
দিনটা যখন ফুরিয়ে আসে রাতের অন্ধকারে
আমি চেষ্টা করি রাত জেগে দিনটাকে রাখতে ধরে।
কিন্তু শেষের শুরু তো শুরু হয়ে গেছে শুরুতেই
বিধাতা পুরুষ প্রাণদন্ড দিয়েছেন জন্মের লগ্নতেই।
অধরা কে ধরে রাখতে তো শিখিনি
তাই তো ফুরিয়ে যাওয়ার কোনো ব্যাখ্যা এখনো পাইনি।

আসল কথা সব সময়ে নেই নেই করতে নেই
কালের সমুদ্রে ইতিবাচক ভেবে নাও সব কিছুকেই।
সময় বড় গভীর-ঘটনা, সুখ বা দুঃখ সবই ডুবে যায়
অন্যদিকে অন্যদিনে, তারা কিন্তু দিব্যি থেকে যায়।
পাঁচজন অনেক কথাই বলবে-ওসবে বিশেষ কান দিও না
সব রটনায় সুখ বা দুঃখ দিয়ে জীবনকে বেঁধে নিওনা।
সুখ পরম সুখ-নাকি শান্তি
পেয়ে যাবে মুক্তি-কোথাও নেই সেই ক্লান্তি।

ফাল্গুন, ১৪১৭
খড়্গাপুর

বিকার

একটা সুমধুর গীত—
কত কথা কত স্মৃতি কত অনুভূতি
দিয়ে গাঁথা যেন এক সুপুষ্পিত মালা।
সৃষ্টির আদি হতে মানুষের সুক্ষ্মতম আহার,
ক্ষুদার তাড়নায় তাতে কখনোই মেটেনা ক্ষুদা।

একটা সুআঙ্কিত চিত্র—
কথায় বলে হাজার শব্দ দিয়ে গড়া।
সেই একঘেয়ে স্মৃতি আর অনুভূতি
জুড়ে জুড়ে এক রচনা।

গণিতের রসে চুবিয়ে—
পন্ডিতেরা মাঝে মাঝে খুঁজে পায়
নবতম এলিমেন্টাল পার্টিকিল কিংবা অদেখা কোনো তারা।
অনেকের খিদে মেটে এই সব ছাইপাশ খেয়ে।

কিন্তু লেখক, পাঠক কিংবা আর সব পথচারী
জানেনা হয়তো এ সব বিষম বিকৃতি।
আদি সত্ত্বার বিকৃতি থেকে জন্ম নেয়
এ সব প্রকৃতিজাত ক্ষণস্থায়ী রস

গভীর মহাসমুদ্রে যেন এক একটা ক্ষুদ্র বুদবুদ।

পৌষ, ১৩৮৭
ইংল্যান্ড

বৃষ্টি ও বেকার

শুধু এক পশলা বৃষ্টি
যেন অনাসৃষ্টি—

শ্রাবন মাসের এই যে বদলধারা
যেন প্রেমিকজনের গোপন অশ্রুধারা।
মেঘের রঙে প্রিয়ার রূপটি দেখে
রসসিক্ত কাব্য বসে লেখে।

দূরের দীঘি জল থৈ থৈ করে
টিপটিপিএ বৃষ্টি কেমন পড়ে।
ঘাটের পাড়ে তক্তা পরে বসে
পাড়ার খুড়ো ঝিপ ফেলেছে কসে।

হাতটি দিয়ে গালে ভাবছি বসে ঘরে
বেকার হয়ে আর কতকাল রইবো আমি পড়ে।
রাস্তাঘাট তো কাদায় কাদাময়
দরখাস্তটা তো না দিলেই আর নয়।
বিরহ দুঃখ আমিও তো পাই
অফিস পাড়ায় কেমন করে যাই?

শ্রাবণ ১৩৭২
কলিকাতা

বেলানডুর লেকের ধারে খোকার সকাল ও সন্ধ্যা

বেলানডুর লেকের ধারে
সবে ভোরের আলো ফুটছে।
ইতি উতি পাখির গুঞ্জন
কিছু বয়স্ক মানুষের পদচারণ।

এদিকে খোকাবাবুর সবে ঘুম ভাঙল
দুধের বাটি, মায়ের হাসি আর কিছু আবেগ।
এই নিয়ে দিব্যি তার সুখের সকাল
বেলানডুর লেকের ধারে খোকার এই দিন সুরু।

এবার এক ভিন্ন চিত্র
আবার সেই পাখির গুঞ্জন-কিন্তু এবার বাড়ি ফেরার পালা।
আবার সেই বয়স্ক মানুষের স্বাস্থ্য চারণ
কিন্তু সেটা দিনশেষের দিনযাপন।

খোকাবাবুর চোখে তখন ঘুম লেগেছে
দুধের বাটি মায়ের আবেগ
ঠিক যেন সেই আগের মতন

এই নিয়ে দিব্যি তার মায়ের কোলে সুখের সংসার।

জৈষ্ঠ ১৪১৫
বেঙ্গালুরু

বৈতরনীর পারে

তোমার কি এখনো আমাকে মনে পড়ে
আমার হৃদয় কিন্তু কানায় কানায় তুমি আছ ভরে।
বাসা বদলে তুমি নাকি আজ কোথায় গেছ চলে
দ্যাখা দেবে না-তাই ঠিকানাটাও কাউকে যাওনি বলে।
তা বলে আমি কি হাত পা গুটিয়ে বসে থাকতে পারি?
তোমায় পেতে আমায় দিতেই হবে দেশে দেশান্তরে পাড়ি।

তাই একদিন তোমায় খুঁজতে বেড়িয়ে
অনেক বনপথ পেরিয়ে—
ক্লান্ত দেহে অবশেষে পৌঁছলাম এক মস্ত নদীর তীরে
জনহীন নদীতটে-তুমি কি হারিয়ে গেছ একাকীত্বের ভিড়ে?

এই তো সেদিন শুনি তুমি নদীটা পেরিয়েছ আমাকে ফাঁকি দিয়ে
ফিরেও দ্যাখোনি যাবার বেলায়-আমার সবটুকু নিংরে নিয়ে।
আমাকেও যে যেতে হবে ওপারে
না হলে আমার ভালবাসা তোমাকে জানাব কি করে।

অদূরে ঘাটে বাঁধা পরপারের তরী পানে ছুটে যাই
মাঝি বলে, ভেবে দ্যাখো কোথা যাবে, ফেরার যে পথ আর নাই।
দিন যায় সন্ধ্যা নামে কল্লোলিনী নদী তীরে
ভালবাসার গলা টিপে কি করে যাই ফিরে?

ছোট বড় ঢেউ নিয়ে নদী চলে সৃষ্টির আদি থেকে অন্ত
ঢেউ জলে মিশে আছে কত না স্বপ্ন আর কল্পনা প্রানবন্ত।
বিষন্ন ফেরার পথে হঠাৎ তোমার স্পর্শ কি সত্য আর কল্পনার সীমারেখা
ফিরে দেখি, একি স্পষ্ট সেই তুমি দাঁড়িয়ে-কোন অতীতের দেখা।

ভনিতা না করেই তুমি বল্লে মৃদু হেসে
স্বপ্ন নই সত্য নই-কিন্তু আমি-সেই আমি এসেছি ভালবেসে।
এ নদী পেরোলে ফেরা যায় না আর
স্বপ্নের তরী ভেসে কল্পনার ঢেউ চড়ে তবু এসেছি সঙ্গ পেতে তোমার।

বিষন্ন সন্ধ্যা যেন হাসে কত না মধু মেখে
তোমার স্পর্শ যেন শিহরন-হৃদয় দিয়ে শেখে।
কি সত্য কি স্বপ্ন মিলেমিশে একাকার
তোমায় পেয়েছি-কাজ নেই আর সত্য মিথ্যার বিচার।

ভালবেসে কিছুই যাওনি ফেলে
বৈতরনী পার হয়ে যেদিন গেলে চলে।
আমাকেও তুমি যাওনি ভুলে-এসেছ তাই তরনী পার হয়ে
স্বযতনে হাতটি ধরে নিয়ে যাবে বলে-পরপারের নতুন ঠিকানায়।

চৈত্র ১৪২৬
কলিকাতা

ভাড়া বাড়ি-নিজের বাড়ি

ভাড়া বাড়িতে থাকা
মালিকের কথাতেই ওঠা বসা।
তবু বারান্দার টবে ফুল ফোটে
বর্ণে গন্ধে ভরে ওঠে শীত গ্রীষ্ম বর্ষা।
শুক্লা দ্বাদশীর এক চিলতে জ্যোৎস্না
মেঝেয় লুটোয় রাত দুপুরে পশ্চিমের জানালা পথে।
হারিয়ে যাওয়া মনকে ধরে আনি কোথা থেকে
মনকে বোঝাই-প্রকৃতির মায়াবী রূপে যাসনা বিপথে।

মালিকের কথায় আবার সম্বিৎ ফেরে
ভাড়া বাড়িতো-কবে যেতে হবে উঠে, কে জানে।
আবার তখন নিতে হবে নতুন বাড়ি ভাড়া
অনন্ত কাল ধরে এই চলছে হাসি কান্নার গাথা ভাড়া বাড়ির প্রাঙ্গনে।

তবে আর কেন ভাড়ার বাড়ি
ভালোই হতো নিজের বাড়ি গেলে।
কিন্তু কে বলে দেবে নিজের বাড়ির ঠিকানা
ভালোই হতো নিজের বাড়ি খুঁজে পেলে।

বৈশাখ ১৪২৪
কলিকাতা

ভাবের ফেরি

শীতের দুপুর গড়িয়ে চললো সন্ধের দিকে
একটু পরেই হয়তো কোনো তারা তাকিয়ে দেখবে অনিমিখে।
কিন্তু তার এখনো একটু দেরি
সেই ফাঁকে মনের হাটে করি বসে ভাবের ফেরি।

বিষণ্ণ অপরাহ্ন-তবু পার্ক স্ট্রিট-এর মোড়ে আলোর মালা
দপ্তরে দপ্তরে শেষ সময়ের ব্যস্ততার পালা।
ম্যাটিনি শো ও হয়তো এখন মাঝপথে
কিন্তু মন আমায় কেন হারায় সাঁজবেলায় পূণ্য পথে পথে।

একটু পরেই এই আমি হাঁটবো অন্য লোকে
কথা বলবো, হাসবো, হয়তো মরবো অনেক বকে।
কিন্তু এই অপরাহ্নের অনুভূতি থাকবে আমার মনে
স্মৃতির পাতায় ঠাঁই করে এক কোণে।

পৌষ, ১৩৭২
কলিকাতা

দশমী

ষষ্ঠী থেকে নবমী—একরকম তো কেটেছে,
দশমীর সকাল থেকে সময়টা যেন থমকে গেছে।
মা যাচ্ছেন ভেবে মনটা কেমন ভারী হয়
সে ছোটবেলাতেও হতো, এখনও হয়।

দশমীর পুজো সেরে পুরোহিত একটু জিরোচ্ছে
আর প্যাণ্ডেলের কোণে ছেলে-ছোকরাদের আড্ডা চলছে।
এদের ভাষা কেমন যেন অন্যরকম
মা'র সম্বৎসরের বিদায়ী সুরটা তাতে খুবই কম।
নবমীর রাতে এদেরই একজন কাদের যেন 'চমকে' দিয়েছে
আজকের আসরে সে নাকি মোটামুটি হিরো বনে গিয়েছে।
একটু পরেই 'হিট' গানের তালে নাচতে নাচতে মা'র বিসর্জন হবে
মনে ভাবি মাও যদি তোদের বিসর্জন দেয় তো তোদের কি হবে।

পুরোনো পাপী আমি—জীবনটাতো 'চমকাতে' পারিনি
আদ্যিকালের সংস্কার আর পুরোনো স্মৃতিটুকু এখনও মুছে যায়নি।
আশ্বিনের শেষ—সকাল সন্ধে অল্প স্বল্প উত্তুরে হাওয়া
দশমীর সকাল গড়িয়ে গেল—এবার তো মা'র যাওয়া।
মেনি বেড়ালটা তখন থেকে উন্মুখ হয়ে তাকিয়ে আছে
প্যাণ্ডেলের পাশে—মা'র আসা-যাওয়ার নেই কোনো মানে তার কাছে।

আমরাও এই আসি এই যাই
মাও তো দেখি তাই।
তবে হ্যাঁ মা ফিরে যায় কৈলাসেতে
আর আমরা—কি জানি কোথায় যেতে হবে।

আশ্বিন, ১৪১৯
পুরী

ভালোবাসা

তুমি কি আমার না আমি তোমার
যতক্ষন এই খোলটা ততক্ষনই গোল।
এই কি ভালোবাসা না প্রকৃতির চতুর্বিংশতি অপভ্রংশ
প্রকৃতিকে ভর করে এক অপ্রকৃস্থ খেলা।
শেষ মেশ থেকে যায় রিপুদের রেশটুকু
অশরীরী অন্তরঙ্গ অনুভূতি উড়ে গেছে বহুদূর ততক্ষনে।
তবে প্রশ্ন-বাঁচবো কি নিয়ে আমি
তোমাকে বাদ দিলে বাদ থেকে যায় যেন সবটুকু।
ভোরের আলোয় স্নিগ্ধ ফুলের গন্ধে
ভালোবাসার যে ছন্দ—
সেও কি রূপে রসে অপ্রকৃস্থ?
আসলে স্থান কাল পাত্র ভেদে ভালোবাসা অপূর্ণ
পূর্ণতা পেতে গেলে
সেই খোলের বাইরে গোল কাটিয়ে যেতে হবে অনেক দূর।

ফাল্গুন, ১৪১৮
খড়্গাপুর

মধ্য রাতের নগরী

মধ্য রাতের নগরী

বড় রাস্তাগুলো খাঁ খাঁ করছে—
আর গলিতে গলিতে গ্যাসের বাতি টিম টিম করে জ্বলছে।
মাঝে মাঝে দু-একটা হতভাগা কুকুরের উপদ্রব
হঠাৎ চেঁচিয়ে উঠে বাধিয়ে তোলে কলরব।

তারপর সেই একঘেয়ে নিস্তব্দতা

হয়তো রাতের শেষ বাসটা-হঠাৎ ছুটে আসে
হয়তো শেষ ট্রামটাও এসে দাঁড়ায় তার পাশে।
অপেক্ষারত ব্যস্ত পাবলিশার
অথবা সেদিনের নাইট-শোর শিকার

মেনে নেয় ভাগ্যের প্রসন্নতা।

নগরীর গাছে গাছে ফুল ফোটে না
দখিনা বাতাস তাতে দোল দেয় না।
হঠাৎ নিশাচরের বীভৎস ডাক অথবা তাদের পাখা ঝট পটানি
ডুবিয়ে দেয় না দূরের গির্জার ঘন্টা ধ্বনি।

তাই মধ্য রাতের নগরী চালিয়ে যায় তার স্তব্ধ মৌনতা।

পৌষ, ১৩৬৭
কলিকাতা

শীতের মিঠে রোদ

শীতের মিঠে রোদ এক টুকরো।
যেন একমুঠো কাঁচা-সোনা—
অথবা হাসিমুখ এক দুস্টু ছেলে,
চুরি করে ঢুকেছে ঘরে-ভাঁঙা জানলার দ্বারপথে।

অভাবী গৃহস্থের যুবতী মেয়ে—
সারাদিন কেটে যায় গৃহস্থালীর কাজে,
প্রভাতী এই রোদটুকু যেন এক ছন্দ,
যেন এক অভিনবত্ব তার এই ঘুনধরা একঘেয়ে জীবনটাতে।

গলির মোড়েই বড় রাস্তার সুরু
একটু পরেই ব্যাস্ত হয়ে উঠবে, ব্যাস্ত পায়ের চাপে।
বাতাসে উঠবে পোড়া পেট্রোলের গন্ধ
তার সঙ্গে মিশবে পথহারা মানুষের দীর্ঘশ্বাস
অতি পরিচিত সমন্বয়।

আরো একটু পরে, যখন রোদটা হবে মিঠে থেকে কড়া,
অফিসপাড়া যখন উঠবে গমগমিয়ে
তখন বাসা বাড়ির সামনের গলিটা করবে খাঁ খাঁ—
হয়তো বা একটা কাক পাশের বাড়ির ছাদে করবে কা কা।

সন্ধে যখন হবে হবে তখন এসপ্ল্যানেডে পা ফেলা দায়—
বাসের পাদানিগুলো যেন টেস্ট ম্যাচের গ্যালারি।
গড়ের মাঠের গাছগুলোর ছায়া এখন হবে দীর্ঘ থেকে দীর্ঘতর—
হয়তো এক ঝালমুড়িওয়ালা জ্বালিয়ে খাবে ওই যুগলটাকে।

সোনারঙা সেই রোদ হবে রক্তরঙা—
কেমন যেন মন না লাগা ভাব আসবে কোন এক কিশোরের
অথবা একটু বাদে সবমিলিয়ে নামবে রাত্রি—
সে কি অন্ধকার-কি তার দরকার।

পৌষ ১৩৭৫
কলিকাতা

শৈশবের ভালবাসা

ভালবাসার প্রাসাদের শেষ ধাপে পৌঁছলে প্রেম হয়
শ্যামবাজারের এক কানা গলির শেষ বাড়িটার নিভৃত দোতালায়;
সাঁজ বেলায় ভালবাসার হাতেখড়ি
অনভ্যস্ত অকপট শৈশবের কিছু না বলা কথার সারি।
ভালোবাসার লাজুক লতা বাড়তে থাকে যেন দিশাহিন
দেখা হয় কথা হয়, না বলা কথার সারি বেড়ে চলে দিন দিন।
তারপর এক অজানা মিষ্টি জ্বালায় দিন কাটে আনন্দেই
বাস্তবের ধাঁধাঁয় তাদের লাজুক ভালবাসা পাবে কোথা থৈ।
যেতে যেতে পথ গেল বেঁকে—ভালবাসার সারতত্ত্ব তারা বোঝেনি
শিখেছে খালি ভালবাসতে, আর তাই সময়ের খেয়ালে উড়তে পারেনি।
নদীর দু তীরে বসে ভাগ্যে দুষে বেলা যায় দুলে
ভালবাসা বাসা বাঁধে অন্তরের অন্তস্থলে আর সব ভুলে।
তারপর পূর্ণিমার চাঁদ অস্ত যায় একসময়ের শেষে
রূপ রস গন্ধ শেষে শৈশব কোন তরঙ্গে বেড়ায় ভেসে?
অনন্ত জীবন-না অন্তহীন প্রেম, বয়ে যায়
গ্রহ তারা নক্ষত্র ভুর্ভুবঃ লোক পেড়িয়ে ধায়।

সব শেষে পড়ে থাকে কিছু স্মৃতি আর দেওয়ালে টাঙানো ছবি
ভালবাসার মুখাগ্নি করতে পারেনি-তাই রয়ে গেছে সে সবই।
সন্ধ্যা নামলে বুঝতে পারে বেঁচে আছে, তখন মন কেমন করে
রাত গভীরে বেশ বুঝতে পারে ভালবাসা ফিরে এসেছে চুপিসারে।
কাঁধে মাথা রেখে বলে, কীসের মন-আর কীসেরই বা কেমন
ঘোলা জল থিতিয়ে আসে-সাদা জলে মুখ দেখা যায় যেমন।

শৈশবের ভালবাসা ঘন হয়ে প্রেম হতে
কি জীবন পেরিয়ে যায়-না কি হয় মরতে?
একটা আশা থাকে পরজন্মের
কিন্তু কে জানে সেখানেও কি আছে পড়ে ফল কর্মের।

ফাল্গুন, ১৪২৬
কলিকাতা

সভ্যতা

কবে শেষ দেখেছিলাম সূর্যাস্ত দিক্‌চক্রবালে
মনে নেই
এখানে সূর্য অস্ত যায় অট্টালিকা পেরিয়ে
সেই পশ্চিম আকাশেই।
চন্দ্র সূর্যের উদয় অস্ত এখানেও দেখায়
জীবনের সায়ন্তন রূপ।
কিন্তু সুর কেটে গেছে কোথায় যেন
নেই সেই তুলসীতলা দ্বীপ ধূপ।
ডেটা কার্ডের জিবির হিসেবে হারিয়ে গেছে
সহজ অনুভূতির ডেটাগুলো।
কেন এমন হলো ভাবি বসে
এই সভ্যতাই কি কাম্য ছিলো?
আসলে সভ্যতা ও অসভ্যতার মধ্যে
একটা অতি সূক্ষ্ম্য রেখা আছে।
হয়তো আমরা বুঝতে চাই না
বুঝতে গেলে বোকা হতে হয় পাছে।
বিদেশী ভব্যতাকে সভ্যতা
বলে ভুল করেছি।
শেখার যা ছিলো শিখিনি তাদের
অশিক্ষাকেই আঁকড়ে ধরেছি।
তবু ভালো বর্ষ শেষে শরৎ আসে
মায়ের আসা আড়ম্বরেই হয়।
এই তো ঢেড় পাল্টায়নি সব
এখনো রেডিওতে মহালয়া হয়।
ষষ্ঠী থেকেই নতুন জামা পরে
সন্ধ্যে হলেই আগের মতোই ঠাকুর দেখতে যাওয়া
এখনো তো ভুলিনি সেই আগমনীর গান
আকাশ যেন বৃষ্টি দিয়ে ধোয়া।

আষাঢ় ১৪২৩
কলিকাতা

সমুদ্র সৈকত

আকাশে মেঘ বজ্র বিদ্যুৎ
ধরণী জলে জলাকার
সমুদ্র সৈকত জনশূন্য
হকার নুলিয়ার হাহাকার।
আবার কখনো মেঘ ফাটা রোদে
সমুদ্রতীর লোকে লোকারণ্য
অভাবী হকারের দ্রুত আনাগোনা
নিয়ে ঝুটো মুক্ত ও আরো কত কি পণ্য।

জগন্নাথধাম মন্দির চত্বরে
ভিড় করেছেন কত শত পূণ্যার্থী
নিজ নিজ প্রার্থনা আর মঙ্গলকামনায়
মানুষের আকুল আর্তি।
ঈশ্বর হয়তো ভাবেন হেসে
এই রোদ বৃষ্টির খেলা
মন্দ কি চলে চলুক
সারাবেলা।

বৈশাখ ১৪০৩
পুরী

সহজ কথা

সহজ কথাটা কঠিন করে বলা সোজা নয়
অথচ সহজ কথাটা ঘুরিয়ে বললে দাম হয়।
আসল কথা আমি কোনোদিন ছিলাম না
আর তুমি-তুমি চিরকালই আছো-সুখেও না, দুঃখেও না।

যদি থাকতাম আমি আমার অহংকার নিয়ে
স্থান কাল আর পাত্রকে উপেক্ষা করে, জন্ম আর মরণকে উড়িয়ে দিয়ে;
থাকত আমার নিদারুন ভূতজাত সুখ কল্প থেকে কল্পান্তরে
কিন্তু এই অযাচিত স্থুল দুঃখটাকেও তাড়িয়ে দেওয়া ও অবান্তর।

মাঝে মাঝে একটা বিশ্রী কানা মাছি ভ্যান ভ্যান করে
একটা নোংরা কীট বিশ্বাসের সাদা ফরাশটাতে ঘুরে মরে।
ঘাড় ফিরিয়ে দেখি তোমার এলোমেলো রূপের বাহার
ভাবতে বসে বুঝতে পারি ক্ষতিটা আমার।

ভোরের আলোয় তোমাকে আবার নতুন করে ভাল লাগে
আধারস্থ গুণগুলো তখন সাম্যপ্রায়-বিকারহীন এক স্বল্পায়ু চৈতন্য জাগে।
সাহারার বুকে যেন একফোঁটা বর্ষণ
তাতে কখনোই হয় না যুৎসই কর্ষণ।

কিন্তু তাও এই বা মন্দ কি-শিশুর প্রথম পদক্ষেপ কিছু ফেলনা নয়
দেখে দেখে একদিন চিনে ফেলবো-এমন আশা তো হয়।
যবন পন্ডিতের দুষ্পাচ্য শাস্ত্র নিয়ে আজকাল সবাই খুব মাতামাতি করছে
কিন্তু বেচারি পন্ডিতের অঙ্কে একটা মস্ত বড় ভুল রয়ে গেছে;

মূল প্রকৃতিকে বুঝতে হলে পুরুষকে জানতে হয়
কিন্তু পাগলকে পাগল বলা চারটিখানি কথা নয়।

পৌষ ১৩৯৫
লোনাভলা

সুন্দরী ও তার রূপ

সুন্দরী তোমার রূপে গর্বিত আমি
তুমি তো রূপের ধারক, কিন্তু তারে চয়ন করে বহন করে আনি-
আমি ভালবাসার সুধায় তাকে মধুর করি পূর্ণিমার জ্যোৎস্নায়
অনন্ত বিশ্বমাঝে আমি করি তারে চিরস্মরণীয়।
সুন্দরী রূপ কি তোমার আমি ছাড়া হত পরিপূর্ণ
জন্ম জন্মান্তরে তোমায় ভালবেসেছি, আমাতেই তুমি সম্পূর্ণ।

রূপ তোমার চন্দ্রকলা-কখনও সে শূন্য আবার কখনও সে পূর্ণ
কিন্তু ভালবাসা মোর সদাই ঘটপূর্ণ।
তোমার যৌবনের রূপ প্লাবিত করেছে মোর মনপ্রাণ
আবার যুপকাষ্ঠে তোমার মরদেহের রূপে ও ভরেছে মোর অশ্রুসিক্ত প্রাণ।
জন্মজন্মান্তরে তুমি আমার রাধা-আমি কৃষ্ণ কি না জানি না
তবু মুগ্ধ তোমার রূপে-তোমার আত্মার রূপ প্রাণে মোর কখনও মলিন হয় না।

সুন্দরী তোমার ভালবাসা আমি বুঝতে পারি না যে
কখনও রাত গভীরে তুমি প্রেমময়, মধুময় আমার হিয়ার মাঝে।
আবার কখনও ধরা নাই দাও-শূন্য হৃদয় কাঁদে
বিরহ বেদনায় প্রেম কেন কাঁদে পড়ে পঞ্চভূতের ফাঁদে?
রূপ তোমার কালজয়ী কাল হতে কালান্তরে রয় অন্তরের অন্তস্থলে
প্রেমের বিরহ বেদনা যেন সাজানো গল্প প্রেমের অনন্ত কোন নাট্যশালে।

মাঘ ১৪২৪
কলিকাতা

সুবর্ণরেখা

মাঝে মাঝে মনে পড়ে সেই নদী
মাঘের দুপুরে মিঠে রোদে ভেজা "সুবর্ণরেখা"।
পড়ে আছে গা এলিয়ে সৃষ্টির একপ্রান্ত থেকে আরেক
দুদিকে তার চিকমিক বালির বাঁধ।
চলে গেছে সে মাপের পাতায় এঁকে বেঁকে
কোথাও বা তন্বী ও সংযতা, কখনো আবার ফুলে ফেঁপে ঢোল।

একদিন নিস্তব্দ নিশুতি রাতে গিয়ে বসলাম
গভীর চিন্তায় তার পাশে-খলবলে হাওয়ায়।
মনে হলো এ আমার জীবনপ্রবাহ অথবা তোমারও-
বিষয়গত দুঃখ সুখের অনু পরমাণুময় তরল প্রবাহ
ধীরে ধীরে গেছে মিনাস ইনফিনিটি থেকে প্লাসে।
আসলে এটা আমারি ভুল-এটা কিছু মিশ্রণু তরল নয়—
দুঃখটাকে সুখ বলে দেখেছি ইন্দ্রিয়ের বিবর্ণতার দোষে।

মাঘ ১৩৭২
খড়্গাপুর

স্বপ্ন

স্বপ্ন দেখি নতুন জন্ম হবে কবে
অনেক কবিতা পড়ে আছে-শেষ করতে হবে।
গল্পগুলো তো শুরুই করিনি বলা
শীতের দুপুরে ভাঙা বাড়ীর ছাদে চড়ুইগুলোর খেলা-
এই নিয়ে ভালো গল্প হয় না
কারণ এলোচুলে তো আর তোমায় দেখা যায় না।
বর্ষা দিনে কবিতা বেশ চলে
বিনা ছাতায় ভিজতে ভিজতে তোমায় পাশে পেলে।

এসব তো স্বপ্ন শুধু-ফুরিয়ে গেছে কবে
তুমি তো এলে না-চিঠিও তো কই দাওনি এই সবে।

শ্যামবাজারের এক কানা গলির শেষ বাড়িটার ছাদে
সদ্য ফোটা এক বাহারি ফুল-পড়ল কেন পঞ্চভূতের ফাঁদে?
রূপ রস গন্ধ তার ভেসে আসে আজও কোন স্মৃতি বিস্মৃতির মাঝে
হাল্কা নীল শাড়ি-চোখেতে কাজল-সুন্দরী তুমি অল্প কিছুই সাজে।
গড়ের মাঠের কোনে গল্প জমে চিনে বাদাম ভেঙ্গে
সাঁঝের বেলায় তোমার মুখে হাসি-চাঁদ আকাশে থমকে গেছে থেমে।
ভর দুপুরে লুকিয়ে এসে সিনেমা পাড়ায় দেখা
টিকিট কেটে মুচকি হেসে হাত ধরাধরি শেখা।

এসব ই তো স্বপ্নমাখা চাওয়া পাওয়ার কথা-ফুরিয়ে গেছে কবে
ভাবছি বসে এসব কিছু সত্তি কবে হবে।

অনেক দিন তো দেখা নেই
তোমার ঠিকানাটা ও তো হাতের কাছে কই?
আকাশের সব বাড়ীতে তো কড়া নেড়েছি
তোমার কথা সব্বাইকে শুধিয়েছি।
কই বলতে পারেনি তো কেউ তুমি কোথায়

এবার ভাবছি তারার দেশে যাব-তোমায় যদি পেয়ে যাই সেথায়।
চোখ জলে ভরে এলে শুন্য হাতে ফেরার পথে
দুহাত দিয়ে মুছবো-আবার খুজবো তোমায় নতুন কোনো পথে।

এসব তো অসাধ্য সব সাধের কথা-ফুরিয়ে গেছে কবে
পেলাম কোথায় পাবার ছিল যাকে যখন যবে?

কর্ম শেষে মৃত্যু এলে তোমার গ্রহে যাব
অন্তকের অনুগ্রহে হয়তো তোমায় কাছে পাব।
এখানে কৃষ্ণচূড়ায় রঙ ধরবে-
ওখানেও তো তোমার হাসিতে মুক্তো ঝরবে।
ফেলে আসা দিনের কথা হয়তো তুমি বলবে
কিছু কপট মিঠে রোষে-আমায় তুমি বকবে।
এমন মধুর মরণ-শবযাত্রায় কে ভেবেছে আগে
এবার গল্প হবে শেষ আর রং ধরবে কবিতারও শেষভাগে।

পৌষ ১৪২৫
কলিকাতা

স্বামী সহবাস

ভালোবেসে যারা পারেনা ভালোবাসার মানুষটিকে রাখতে ধরে
ফিরে যায় তারা রিক্ত হস্তে-জীবন মুখ থুবড়ে পড়ে।
ভালোবাসা তার স্মৃতির চোরা কুঠরিতে মাথা ঠুকে মরে
জীবন এগিয়ে চলে জীবনের পথে স্মৃতির তোয়াক্কা না করে।

আর যারা না ভালোবেসেই পেয়ে যায় অন্যের প্রেমের ফসল
ঘটা করে উলুধ্বনি শংখধ্বনি দিয়ে তারা সাক্ষ্য মেনে করে মালা বদল।
তারপর প্রতিদিন উদগ্র্য কামের আগুনে ঝলসে দেয় ফেলে আসা ভালসায়
দিন যায় মরা প্রেম কোলে নিয়ে সিঁথিতে সিঁদুর দেয় কিসের আশায়?
যেন দাগ মারা বলির পাঁঠা-স্বামী সহবাস তার আগামী জীবনের একমাত্র আশ
সংসারের নিত্য হাড়ি ঠেলা-কোথায় হারিয়ে যায় প্রেমের রঙিন আকাশ।

প্রেম মরে গিয়ে জন্ম নেয় কামনার সন্তান
বুকে ধরে শিশুর হাসি কান্নায় হয় যেন তপ্ত হৃদয়ের স্নান।
সন্তানস্নেহ যেন জুড়িয়ে দেয় স্বামী সহবাসের জ্বালা
দিন যায়-সয়ে যায় একসাথে থাকা-সংসারের নানা ঝামেলা।
ভালোবাসা তবু মরেনা-উঁকি মারে সকাল সাঁঝে শত কাজের ফাঁকে
যা একদিন সে ফেলে এসেছিলো না জানি কোন পথের বাঁকে।

বৈশাখ ১৪২৬
কলিকাতা

হারিয়ে যায়

মুক্ত ঝরা হাসিও একদিন কালের গহ্বরে হারিয়ে যায়
রূপ রংকেও দাঁড়াতে হয় জ্বরার কাঠগড়ায়।
দিন শেষ হলে সকলকেই ছাড়তে হয় এই বাসাবাড়ি
দেহতত্ত্ব কে না বোঝে? তবু তো দাঁড়িয়ে থাকে আশা নিরাশা সারি সারি।
বাসা ছেড়ে যাই কোথা? সব পরে থাকে ওই সুখের কুঠিরে
ছায়া ঘেরা দাওয়াতে দু দণ্ড বসতে চায় মন পুত্র কন্যা ঘিরে।
উপায় তো নেই-যেতে হবে একলা পথে কোথায় কে জানে
মনে পরে জীবনের কথা-প্রেম ভালোবাসা পরে থাকে এইখানে।
যারা থেকে যায় হাতে ধরে বিবর্ণ স্মৃতির কাগজটুকু
তাকিয়ে দেখে দেয়ালে টাঙানো ছবির ওপারের সবটুকু।
তবু থেকে যায় ভালোবাসা পথের ধারে কৃষ্ণচূড়ার ছায়ায়
ফিরে ফিরে দেখে আর ফিরে যেতে চায় সেই ভালোবাসার আঙিনায়।

কার্তিক, ১৪২৮
কলিকাতা

নিঃসঙ্গ চৈত্রের দুপুর

নিঃসঙ্গ চৈত্রের দুপুর যেন স্তব্ধ হয়ে গেছে
মাঝে মাঝে চিলের গোঙানি
আর কর্কশ কাকের আর্ত চিৎকার।
দক্ষিণের খোলা জানালা পথে
অদূরের মেঠো পথ আর ভেসে ওঠে না।
রাখালের বাঁশি কবেই গেছে থেমে,
ভাটিয়ালি সুর ও আজ আর ভেসে ওঠে না পল্লীপথে।

কাঁচাপাকা ভাঙাচোরা রাস্তায় এখন শুধু
অটোরিকশা আর ভ্যানরিক্সার বিশ্রী আওয়াজ
তাল কাটে দূরে তাল তমালের শাখায় পাখির কুজনে।

রয়ে গেছে তবু ধান বওয়া-পথ চলা মেয়েটার গান
আর সেই সুরে রূপ পায় আমার কতশত বাসান্তস্মৃতি।
মনে পরে, তার শেষ কথাটি,
বলেছিলো সে, আমার জীবন সুরে,
তোমার গানের রেশ চিরকাল রয়ে যাবে স্থির।

মনে হলো যেন এক নিমেষেই কেটে গেলো অদূরের ঝাপসানি
বুক ভরে ওঠে, ভার কেটে যায় প্রেমের নিগূঢ় ব্যাথায়।

চৈত্র ১৩৬৯
কলিকাতা

অন্য ভালোবাসা

সাবাই বলে তোমাকে চাই
আমি বলি তোমাকে ভালোবাসতে চাই।

হেমন্তের প্রাতে শিশির ভেজা ঘাসে
হাতে হাত মিলিয়ে হাঁটতে হাঁটতে
তাকিয়ে তাকিয়ে শুধু দেখতে চাই
প্রথম সূর্যের আলোয় তোমার সোনা মাথা মুখটা।

চৈত্রের অপরাহ্নে ছায়া বটের নিচে
দেখতে চাই শুধু তোমায় ছায়াভরা মুখটা।

ভালোবাসতে চাই তোমায় শীতের গোধুলিতে
তোমায় দেখতে চাই সেই মন কেমন করা আলোয়।

ভালোবাসার যে কোনো ভাষা নেই, নেই কোনো ভাস্য।
একে আগুনে পোড়ানো যায় না, জলেও ভেজানো যায় না
বাতাসে শুকনো যায় না বা অস্ত্রেও কাটা যায় না
শুধু যাকে হৃদয়ের চোরা কুঠুরিতে পরম আনন্দে।

যুগ যুগ জন্ম জন্ম ধরে— মৃত্যু একে স্পর্শও করতে পারে না
বিরাম বিরহহীন ভালোবাসাকে— শুধু ভালোবাসায়ই যায়।

বৈশাখ ১৪২৯
কলিকাতা

9789357703420
FCW - #0266 - 061026 - C0 - 225/150/4 - PB - 9789357703420 - Matt Lamination